Die Verführung des Herrn Ostwald

Roman

von

Dick Dickhead

Bibliografische Information der
Deutschen
Nationalbibliothek:
Die Deutsche Nationalbibliothek
verzeichnet diese Publikation in der
Deutschen
Nationalbibliografie; detaillierte
bibliografische Daten sind im Internet
über
http://dnb.dnb.de abrufbar.

1. Auflage, 2024

Korrektorat: BoD

© 2024 Dick Dickhead
Herstellung und Verlag: BoD – Books on Demand,
Norderstedt

ISBN: 9783759761699

Kapitel 1

Julia hatte vor drei Wochen die neue Stelle hier angetreten und hatte in Manuela eine neue Freundin gefunden. Sie waren schon ein paarmal zusammen etwas trinken gewesen, und als sie letzten Samstag zusammen im Kino waren, hatten sie sich das erste Mal geküsst. Julia hatte noch immer Schmetterlinge im Bauch, das war so schön und auch befreiend gewesen. Vorher war sie sich nicht sicher gewesen, ob sie die Zeichen von Manuela richtig gedeutet hatte. Aber nach dem Kino hatte sie Manuelas Hand in die ihre genommen und sie liefen ein paar Minuten Hand in Hand nebeneinanderher. Dann hatte Julia all ihren Mut zusammengenommen, hatte gestoppt, sich vor Manuela gestellt, ihr das Haar aus der Stirn gestrichen und ihr einen Kuss gegeben. Zuerst zögerlich und sanft, aber nachdem Manuela ihn erwidert hatte und ihre Zunge in Julias Mund schob, artete es in eine wilde Knutscherei aus. Beide lösten sich erst voneinander, als sie kaum noch Luft hatten. Und seitdem hatte es viele Küsse gegeben. Leider gab es aber auch ein dickes Problem, und das hieß Tina. Tina war die, noch, offizielle Freundin von Julia. Julia hatte Manuela anvertraut, dass sie schon länger über eine Trennung nachdachte, da Tina sie immer weiter einengte. Sie wollte ihr den Umgang mit anderen Frauen, auch jahrelangen Freundinnen, untersagen und sie ganz für sich haben. Am liebsten wäre es ihr gewesen, wenn sie ihren Job kündigen würde und den ganzen Tag daheimblieb. Aber Julia wollte sich ein wenig Eigenständigkeit bewahren und selbst für ihr Einkommen sorgen. »Julia, willst du wirklich nicht, dass ich mitkomme?«, fragte Manu schon zum vierten Mal. »Bloß nicht, wenn dich Tina sieht, bringt sie dich um«, sagte Julia und meinte es auch so. Manuela nahm Julia in die Arme und drückte sie ganz fest an ihren Körper. Nachdem sie wieder losgelassen hatte, küsste sie Julia noch sanft auf die Lippen und machte sich auf den Weg in ihre Wohnung.

»Hallo Schatz!«, sagte Tina, nachdem Julia die Wohnung betreten hatte. »Wir müssen reden«, sagte Julia, ehe sie sich die Schuhe ausgezogen hatte. »Das klingt ja so ernst«, frotzelte Tina. Julia nahm Tina bei der Hand und führte sie in das Wohnzimmer, dort setzten sie sich auf die beige Couch. Julia drehte sich so, dass sie Tina in die Augen sehen konnte, und begann: »Tina, wie du vielleicht schon festgestellt hast, läuft es schon eine Weile nicht mehr rund zwischen uns«, begann Julia. »Ach, echt?«, fragte Tina. »Ach, komm schon, das muss dir doch aufgefallen sein!«, sagte Julia. »Nicht wirklich«, gab Tina zurück. »Ich bin doch in den letzten Wochen

4

immer später von der Arbeit gekommen«, sagte Julia. »Ich dachte, ihr habt eben viel zu tun in eurer Grafikdesignfirma«, sagte Tina. »So viel, dass ich erst nachts um drei hier war?«, fragte Julia ungläubig. »Worauf willst du eigentlich hinaus?«, fragte Tina und begann ihre Hände immer wieder zu schließen und zu öffnen. »Okay, ich sage es dir einfach. Ich habe jemanden kennengelernt und mich in sie verliebt«, sagte Julia. Tina saß erstarrt neben ihr, aber dann lachte sie los. »Ah, ich verstehe, du willst mich verladen. Guter Witz«, sagte sie. »Ich meine das todernst. Es ist vorbei zwischen uns«, sagte Julia und stand auf. Dann ging sie in das gemeinsame Schlafzimmer, öffnete den Kleiderschrank, entnahm ihm einen Koffer, den sie bereits gepackt hatte, und verließ die Wohnung. Tina sprang auf und rannte vor die Haustür. »Fast wäre ich drauf reingefallen. Jetzt kannst du ruhig wieder zurückkommen«, rief sie. Julia winkte ihr nur zu und hievte den Trolley in ihr Auto. Dann stieg sie ein, und als sie gerade losfahren wollte, stellte Tina sich vor die Front des Gefährts. Julia stieg auf die Bremse. Mit einem Satz war Tina zum Fahrerfenster gehechtet. »Das kannst du nicht machen«, sagte sie. »Tina, das hat doch keinen Zweck mehr«, sagte Julia. »Na gut, dann geh doch, verschwinde, aber das wirst du noch bereuen«, rief Tina und trat vom Wagen zurück.

5

Julia gab Gas.

Eine Stunde später stand sie vor dem Haus, in dem Manuela wohnte. Sie stieg aus und klingelte bei ihrer Freundin. Als sie neben ihr auf der Couch saß, hielt Manuela sie in den Armen und strich ihr sanft über den Kopf. Julia zitterte, seit sie die Wohnung betreten hatte, und konnte nicht damit aufhören.

»Hey, du hast es überstanden, jetzt kann dir nichts mehr passieren«, sagte Manuela. »Ich weiß«, antwortete Julia und schluchzte auf. Manuela gab ihr einen Kuss auf den Scheitel und dann auf den Mund. Zuerst ganz sanft, aber dann immer drängender. Sie schob ihre Zunge in Julias Mund und streichelte sie am Rücken, an den Armen und begann dann damit, Julias Brüste zu kneten. Julia schnappte nach Luft und keuchte leicht. Manuela half ihr aus ihrem Top und öffnete den BH, dann segelte er zu Boden. Schnell entledigte sich Manuela ihres Oberteils und BHs und küsste Julia weiter. Nun begann sie damit, erst die Brustwarzen der Freundin zu küssen, und dann leckte sie sie ab. Sie begann damit, Julias Brüste sanft zu kneten. Julia fasste an Manuelas Hosenknopf und versuchte, ihn zu öffnen, aber ihre Finger zitterten, dass sie einige Mühe hatte, ihr Vorhaben auch in die Tat umzusetzen, schließlich gelang es ihr doch. Manuela küsste gerade den Mund der Freundin, stand auf und zog sich die Hose samt Slip herunter, dann entkleidete sie ihre Freundin. Die Scham der beiden war glattrasiert. Julia stellte sich vor die Freundin und begann damit, Manuelas Brüste zu küssen. Ganz sanft berührten ihre Lippen die Brustwarzen, dann fuhr ihre Zunge hervor und umfuhr sie behutsam. Die Nippel von Manuela richteten sich auf. »Mach weiter«, flüsterte Manuela. Julia wechselte zum anderen Nippel und umspielte diesen mit der Zunge. Sie hielt die Brust mit ihren Händen fest, damit sie nicht wegrutschen konnte, und küsste und leckte sie. Dann ließ sie von den Brüsten der Freundin ab und küsste sich vom Brustkorb bis zu ihrer Klitoris. Sie nahm den Lustknopf in den Mund, und Manuela zuckte kurz zurück. Julia nahm ihn wieder in den Mund und fuhr mit der Zunge immer wieder darüber, bis Manuela in die Knie sank und zum Orgasmus kam. Ein lautes Stöhnen verließ ihre Lippen und ihr Unterleib zuckte in purer Glückseligkeit. »Danke«, hauchte Manuela und küsste die Freundin. »So, jetzt du«, sagte Manuela und klopfte auf das Sofa. Julia legte sich hin und schloss die Augen. Manuela knabberte an ihrem Ohr, was bei Julia schon ein Pochen im Unterleib auslöste. »Hm«, sagte Julia. Dann benetzte Manuela das Gesicht der Freundin mit Küssen. Knetete ihre Brüste und begann, sie an ihren Schamlippen zu lecken. »Das ist so schön«, gurrte Julia. Manuela ließ kurz von ihr ab, spreizte die Schamlippen und

7

tauchte mit der Zunge in sie ein. Langsam wurde Julia feucht. Manuela züngelte immer schneller, so lange, bis Julia mit einem spitzen Schrei kam.

Erschöpft, aber glücklich legten sich die beiden nebeneinander auf die Couch und streichelten sich gegenseitig, bis sie einschliefen.

Julia rüttelte an Manuela. »Hey, Manu, wach auf!«, sagte sie. »Was ist denn? Heute ist doch Samstag, oder?«, fragte die Freundin verschlafen. »Ja, eben«, sagte Julia. »Was?« »Ich habe meinen Eisprung«, antwortete Julia. »Ah, okay, und?«, fragte Manuela. »Oh, Mann. Meinst du, Herr Ostwald ist heute im Büro?« »Keine Ahnung, ich arbeite nie samstags«, sagte Manuela. »Ich probiere es einfach«, sagte Julia. Sie trug einen Rock, Netzstrümpfe, keinen BH und kein Höschen, und die transparente Bluse gewährte tiefe Einblicke. »So willst du in die Öffentlichkeit?«, fragte Manuela geschockt. »Nein, ich ziehe mir einen Mantel drüber«, sagte Julia und rollte mit den Augen. Dann gab sie ihrer Freundin einen Kuss, schnappte sich den Mantel von der Garderobe und verließ das Haus.

Mit klopfendem Herzen betrat Julia die Firma. Sie sah in das Großraumbüro, aber es war niemand da. Dann schlich sie sich zum Büro ihres Chefs. So leise wie möglich öffnete sie die Tür. Und tatsächlich, ihr Chef war da. Er hatte schwarzes Haar, war glattrasiert und trug einen Anzug. Er telefonierte gerade und machte sich dabei Notizen, weswegen er sie noch nicht bemerkt hatte. Schnell ließ sie ihren Mantel zu Boden gleiten und stellte sich vor den Schreibtisch. »Ja, den Coverentwurf erhalten Sie am Dienstag, spätestens am Mittwoch. Vielen Dank«, sagte ihr Chef und legte auf. Dann blickte er nach oben und zuckte zusammen. »Frau Krone, haben Sie mich aber erschreckt«, sagte er. »Tut, tut mir leid«, stotterte Julia. Dann riss sie sich zusammen und leckte lasziv über ihre Lippen. »Ich hatte gehofft, Sie heute hier zu treffen«, sagte sie und fuhr an ihrer Bluse entlang. »Ach ja?«, fragte ihr Chef, der seinen Blick nicht von ihrem Busen wenden konnte. »Ich habe mich gefragt, ob ich vielleicht etwas tun kann, damit Sie entspannt ins Wochenende starten können«, sagte Julia. »Und an was hatten Sie da gedacht?«, fragte ihr Boss. Statt eine Antwort zu geben, beugte sich Julia zu ihm über den Schreibtisch und küsste ihn leidenschaftlich. Ihre Zunge drängte sich dabei in seinen Mund und vollführte einen heißen Tanz. Nachdem Julia sich etwas zurückgezogen hatte, sagte Herr Ostwald: »Die Richtung gefällt mir.« Ermutigt knöpfte Julia ihre Bluse auf, dann zog sie ihren Rock herunter und stand nackt vor ihm. Herr Ostwald sprang auf und kam um den Schreibtisch gesprintet. Er umfasste Julias Busen und knetete ihn. Julia ließ ein Keuchen hören. Dann machte sie sich an seinem Hemd zu

9

schaffen. Als es offen war, schüttelte Herr Ostwald es ab und schlüpfte aus T-Shirt und Hose, zum Schluss folgten seine blauen Boxershorts. Mittlerweile küsste er Julias Brustwarzen und fuhr mit seinen Händen ihren flachen Bauch auf und ab. Julia packte sein Glied, es war dick und lang. Zuerst vorsichtig, dann mutiger, bewegte sie seinen Schaft auf und ab. Plötzlich ließ Herr Ostwald von ihr ab, lief um den Schreibtisch herum und holte ein Kondom aus der Schublade. »Aber das brauchen wir doch nicht«, sagte Julia. »Sicher ist sicher«, entgegnete ihr Chef und holte das Präservativ aus der Packung, dann legte er es an und kam zu Julia zurück. Er knetete wieder ihren Busen. Julia wusste nicht, was sie jetzt machen sollte. Wenn sie mittendrin aufhörte, würde er misstrauisch werden, und es gäbe sicher kein nächstes Mal ohne Kondom. Also tat sie das Einzige, was ihr einfiel, sie nahm den Lustdolch in die Hand und führte ihn sich ein. Herr Ostwald begann gleich, sie kräftig zu stoßen. Glitt in sie hinein und ein Stück heraus, immer wieder. Ihre Scheide zog sich um den Schwanz zusammen, der kaum Platz in ihr hatte, und massierte ihn. »Oh, bist du eng«, stöhnte ihr Chef. »Dein Liebesknochen ist einfach so riesig«, keuchte Julia. Langsam wurde es Julia unangenehm und sie hoffte, dass er bald zum Abschluss kommen würde, aber der ließ auf sich warten. Sie überlegte, was sie machen konnte, um die Sache zu beschleunigen. Dann begann sie ihren Unterleib immer wieder zusammenzuziehen, und das hatte nach zehn Minuten den erhofften Erfolg. Mit einem lauten Stöhnen kam ihr Chef zum Orgasmus. Julia wollte sich gerade von ihm entfernen, als auch sie von einem gewaltigen Orgasmus erfasst wurde. Ihre Beine begannen zu zittern, und sie schrie ihre Lust einfach heraus:»Oh, ja, ja, jaaaaa!« Ihr Chef zog sich aus ihr zurück, nahm das Kondom ab und wollte es gerade in seinen Abfalleimer werfen, als Julia blitzschnell sagte:»Das kann ich doch für Sie beseitigen« Herr Ostwald sah sie kurz fragend an, reichte ihr dann aber das benutzte Kondom. Julia wickelte es sorgsam zusammen, damit nichts von dem wertvollen Saft herauslief, und verwahrte es in der linken Hand. Dann sammelte sie ihre Kleider zusammen, hauchte noch »Danke« und verließ das Büro. So schnell sie konnte, suchte sie die Frauentoiletten auf, öffnete eine der Kabinentüren, zog sich den Rock herunter, faltete das Präservativ auf und schüttete das Sperma ihres Chefs in ihre Vagina. Dann wartete sie eine Viertelstunde, zog sich wieder an und ging nach Hause.

Als sie in der Wohnung ankam, wartete Manuela schon gespannt auf sie. »Das hat ja ewig gedauert«, sagte sie. »War er wenigstens da?« »Ja, es hat alles fabelhaft geklappt, ich habe mich gleich noch auf der Firmentoilette damit befruchtet«, sagte

11

Julia und lächelte. »Dann werden wir bald Eltern?«, fragte Manuela. Julia nickte und schloss ihre Freundin in die Arme. »Und wie war's? Mit einem Mann, meine ich«, sagte Manuela. »Nun ja, sei jetzt bitte nicht eifersüchtig. Aber ich bin gekommen«, sagte Julia. »Er hat ein Riesengerät, lang und dick, ich dachte, er passt gar nicht in mich rein«, sagte Julia. »Jetzt übertreibst du aber«, sagte Manuela. »Nein, wirklich. Er ist mega«, sagte Julia. »Aber was ich mich frage: Muss ich die nächsten Samstage auch ins Büro, damit er keinen Verdacht schöpft?«, fragte Julia. »Ich denke schon, du solltest das noch ein paar Wochen durchziehen«, sagte Manu. »Ein paar Wochen?«, fragte Julia entsetzt. »Na klar. Vor allem da du gekommen bist. Du hast ihm doch eine gute Show geliefert, oder?« »Musste ich gar nicht«, sagte Julia kleinlaut. »Denk immer daran, es ist für einen guten Zweck. Damit wir bald eine richtige Familie sein können«, sagte Manuela. »Stimmt«, sagte Julia. »Und außerdem hilft es bei der Befruchtung, wenn du kommst«, sagte Manuela.

»Jetzt würde ich aber gern ein Bad nehmen«, sagte Julia. »Ist gut, ich lass dir Wasser einlaufen«, sagte Manuela und ging Richtung Badezimmer.

Julia setzte sich auf das Sofa und befühlte ihren Bauch. ›So ein Schwachsinn. Ich kann noch gar nichts merken. Ich weiß ja nicht mal, ob es geklappt hat‹, dachte sie.

Wenig später lag Julia ausgestreckt in der warmen Wanne. Manuela saß auf dem Rand und wusch Julia die Arme, Brüste, den Bauch, ihre Scham und die Beine mit einem gelben weichen Schwamm. »Du bist so gut zu mir«, sagte Julia mit geschlossenen Augen. »Vergiss das nie«, neckte Manu sie und spritzte ihr Wasser ins Gesicht. Julia riss die Augen auf, schnappte Manuela um die Hüften und zog sie zu sich in die Wanne. Sie bedeckte die Freundin mit Küssen.

Nachdem beide aus der Wanne gestiegen waren und sich Manuela umgezogen hatte, aßen sie noch etwas in der Küche. Es gab Brötchen mit Salami und sauren Gurken. »Und was sagen wir, wenn wir gefragt werden, von wem das Kind ist?«, fragte Julia zwischen zwei Bissen. »Ein One-Night-Stand, du kennst seinen Namen nicht«, sagte Manu. »Meinst du, man nimmt mir das ab?«, fragte Julia. »Klar, du warst in der Disko, total voll, bist von dem Typen zu sich gebracht worden, da hattet ihr schlechten Sex, er hatte einen ganz Kleinen, und du wurdest schwanger. Ende der Geschichte«, sagte Manu. »Du hast dir das ja schon bis ins kleinste Detail überlegt«, sagte Julia ehrfürchtig. »Na, ich hatte ja allerhand Zeit, während du es mit unserem Chef getrieben hast.« »Hey, dass er es sein soll, war doch deine Idee«, sagte Julia. »Das sollte auch kein Vorwurf sein«, sagte Manuela. »So klang es aber

13

gerade«, sagte Julia. »Wolltest du lieber geschwängert werden?«, fragte Julia und sah die Geliebte ganz fest an. »Ach quatsch. Ich will mir doch nicht die Figur ruinieren«, sagte Manuela. »Gehen wir ins Bett?«, fragte Manu. »Geh du ruhig schon, ich komme bald nach«, antwortete Julia und begann damit den Tisch abzuräumen. Nachdem sie das Geschirr in der Spülmaschine verstaut hatte, setzte sie sich wieder an den Tisch. ›Hoffentlich verlässt mich Manu nicht‹, dachte sie.

Um drei Uhr siebzehn klingelte Julias Handy. Sie griff neben sich auf das Nachtkästchen und versuchte, es zu finden, aber es entwischte ihrer Hand immer wieder. Mit einem Seufzen machte sie das Licht an, schnappte sich das Handy, stand auf und ging in die Küche, um Manuela nicht zu wecken. »Ja, Krone«, meldete Julia sich. »Julia, komm zu mir zurück. Ich mache alles, was du willst«, hörte sie eine schluchzende Stimme. »Tina?«, fragte sie. »Mein Schatz, komm zu mir zurück«, fuhr die Frau am anderen Ende fort. »Oh, mein Gott. Tina, weißt du, wie spät es ist?«, fragte Julia. »Das ist mir egal, komm zu mir zurück«, sagte Tina. »Es ist aus, versteh das doch«, sagte Julia. »Bist du jetzt bei ihr? Dem Flittchen?«, fragte Tina wütend. »Sie ist kein Flittchen, sie ist die Liebe meines Lebens«, sagte Julia. »Das hast du auch mal von mir behauptet«, sagte Tina. »Da habe ich mich eben geirrt«, sagte

14

Julia. »Kannst du nicht kurz vorbeikommen und wir reden?«, fragte Tina. »Nein, es gibt nichts zu bereden. Es ist aus zwischen uns«, sagte Julia und legte auf. Da klingelte das Handy erneut. Genervt schaltete sie es auf lautlos.

Als sie wieder im Bett neben Manu lag, konnte Julia nicht mehr einschlafen. Bis um neun am Morgen lag sie im Bett und starrte an die Holzdecke.

»Hi, mein Sonnenschein«, sagte Manuela und gab Julia einen Kuss. »Alles okay?«, fragte sie besorgt, nachdem sie Julia angesehen hatte. Die schüttelte nur den Kopf und brach in Tränen aus. »Hey, was ist denn? Hast du es dir anders überlegt, möchtest du jetzt doch kein Kind mit mir?«, fragte Manu. »Das ist es nicht«, schluchzte Julia. »Was dann?«, hakte Manuela nach. »Ach nichts«, sagte Julia und wischte sich über die Augen. »Komm schon, du kannst mir alles sagen«, sagte Manu. »Es, es«, sagte Julia und schluchzte erneut. Sie begann jetzt am ganzen Körper zu zittern. »Ist es so schlimm?«, fragte Manu und nahm die Freundin in die Arme. Julia nickte stumm. »Bitte erzähl es mir«, flehte nun Manu. Und Julia erzählte ihr von dem Anruf, den sie letzte Nacht erhalten hatte. »Dieses Miststück«, entfuhr es Manu. »Ich fahre gleich zu ihr und rede Tacheles mit ihr«, sagte Manu. »Nein!«, rief Julia. »Okay, beruhige dich. Aber wenn sie wieder anruft, weckst du mich, verstanden?« Julia nickte und warf sich in die Arme ihrer Partnerin.

Eine Stunde lagen sie eng umschlungen nebeneinander. Da knurrte Manus Magen. »Ich muss langsam mal was essen«, sagte sie und lächelte Julia an. »Noch fünf Minuten«, bat Julia. Manu zog Julia dicht an sich heran und atmete ihren Duft ein.

Aus den fünf Minuten wurden fünfzehn, aber dann standen beide auf und richteten den Frühstückstisch. »Warum willst du nicht, dass ich zu ihr fahre?«, fragte Manu. »Sie rammt dich ungespitzt in den Boden, du hast keine Chance gegen sie«, sagte Julia. »Ist sie so stark?«, fragte Manu. »Oh ja. Sie macht Karate und hat schon ewig den schwarzen Gürtel.« »Hm, ich könnte ihr ja ein paar Ballettfiguren zeigen, vielleicht beeindruckt sie das«, sagte Manu und schmunzelte. »Oh ja, ganz sicher. Sie wird vor Lachen auf dem Boden liegen«, sagte Julia. »Ha, Ziel erreicht«, sagte Manu. »Nein, im Ernst, versprich mir, dass du nicht zu ihr gehst«, sagte Julia. »Okay, versprochen«, sagte Manu. »Wenn sie dich vermöbelt hat, siehst du nicht mehr so schön aus wie jetzt, und dann will ich dich nicht mehr«, sagte Julia scherzhaft. »Du verlässt mich, wenn ich alt und schrumpelig bin?«, fragte Manu entsetzt. »Nein, für mich wirst du immer schön sein, meine Liebe«, sagte Julia und strich Manu eine Strähne aus dem Gesicht.

Manu begann zu weinen. »Hey, Süße, was

16

hast du denn?«, fragte Julia und setzte sich bei Manu auf den Schoß. »Ach nichts.« »Mir kannst du doch alles erzählen«, sagte Julia und umarmte die Freundin. »Ich dachte nur gerade, was für ein Glück ich habe, mit dir zusammen zu sein«, sagte Manuela. »Und das macht dich traurig?«, fragte Julia. »Ja, weil es so zerbrechlich ist«, sagte Manu. »Hör zu, das mit Tina geht wieder vorbei und dann haben wir unsere Ruhe«, sagte Julia. »Versprichst du's?«, fragte Manu. »Ich verspreche es!« »Gut, dann glaube ich dir«, sagte Manu. Julia konnte nicht an sich halten und gab Manuela einen leidenschaftlichen Kuss. »Wofür war der?«, fragte Manu. »Weil ich dich so liebe«, sagte Julia. »Oh, da fällt mir ein, ich habe eine Überraschung für dich«, sagte Manu und sprang auf, woraufhin Julia beinahe zu Boden gegangen wäre. »Hey, du schmeißt mich ja runter«, sagte Julia. »Sorry«, entgegnete Manu und rannte aus der Küche. Eine Minute später stand sie mit einer Plastiktüte wieder vor Julia. »Das ist für uns«, sagte Manu und reichte Julia die Tüte. Gespannt sah Julia hinein. »Nein!«, rief sie. »Doch!«, sagte Manu. Julia holte einen Dildo heraus, der fast die Ausmaße von Herrn Ostwalds Gemächt hatte. »Der ist fast so groß wie das Teil vom Chef«, sagte Julia und strich über das Silikon. »Echt? Respekt«, sagte Manu. »Das muss aber unter uns bleiben, nicht dass du das in der Firma rumerzählst«, sagte Julia ernst.

»Versprochen, meine Lippen sind versiegelt.«

»Sollen wir ihn gleich ausprobieren?«, fragte Manu. »Im Ernst?«, fragte Julia. »Ich stelle mich zur Verfügung«, sagte Manu und lächelte. Sie sahen sich an und rannten dann beide fast gleichzeitig los. Im Schlafzimmer angekommen zogen sie sich ihre Nachthemden und die Slips aus und warfen sich auf das Bett. Sie küssten sich. Dann löste sich Julia von Manu und begann damit, deren Brüste zu lecken, bis die Nippel steif wurden. Langsam glitt sie nach unten und begann die Freundin oral zu befriedigen. Als Julia feucht war, schnappte sich Manu den Dildo vom Bett. »Bereit?«, fragte Manu. Julia nickte. Und Manuela führte das Gerät ein. »Uh!«, sagte Julia. »Geht's?«, fragte Manu. »Ja, mach weiter«, antwortete die Freundin. Sie nahm ihn ganz auf. Manu ließ ihn immer wieder hinein- und herausgleiten, bis Julia zum Orgasmus kam. »Und?«, fragte Manu. »Das musst du selbst probieren«, sagte Julia mit hochrotem Kopf.

»Na, dann mal los«, sagte Manu und legte sich auf das Bett. Julia begann damit, ihre Brüste zu kneten und sie zu küssen. Sie wanderte zu Manus Lustperle und leckte sie, bis die Freundin feucht geworden war, dann setzte sie den Liebestab an ihrer Öffnung an. »Jetzt mach schon«, sagte Manu. Und ganz langsam führte sie den Dildo ein. »Oh, uh. Moment. Okay«, sagte Manu. Dann ging es nicht mehr weiter und Julia begann, das Gerät rein- und rausgleiten zu lassen, bis Manu ihren Orgasmus herausschrie. »Oh, mein Gott! Das war super«, keuchte Manu. »Jetzt hast du eine Vorstellung davon, wie es mit Herrn Ostwald ist«, sagte Julia und grinste. »Du Glückliche«, sagte Manu neidisch. »Willst du auch? Ich kann ihm ja einen Dreier vorschlagen«, sagte Julia. »Bloß nicht!«, rief Manu. »Es ist aber auch zu doof, dass wir noch zwei Wochen mit einem Schwangerschaftstest warten müssen, bis er aussagekräftig ist«, sagte Manu. »Tja, so ist es nun mal. Das können wir leider nicht beschleunigen«, sagte Julia. »Schon klar«, sagte Manu und zog eine Grimasse. »Was machen wir jetzt noch mit dem angebrochenen Vormittag?«, fragte Manu. »Wir könnten spazieren gehen«, schlug Julia vor. »Warum nicht, immer nur in der Bude hocken, macht auch keinen Spaß«, sagte Manu. Nachdem sie geduscht hatten und angezogen waren, gingen sie nach draußen. Es war windig und sie schlangen ihre Schals enger um die Hälse. Auf dem Boden lagen herabgewehte Blätter. Nachdem sie eine Weile gelaufen waren, kamen sie an einem großen Blätterhaufen vorbei. Julia drehte sich mit dem Rücken zu dem Berg und ließ sich fallen. »Spinnst du?«, fragte Manu. »Wieso?«, gab Julia zurück. »Wenn dich jemand sieht, denkt er, du hast einen an der Klatsche«, sagte Manu. »Ach komm, ich sehe genau, dass du es auch ausprobieren willst! Komm, trau dich!«, sagte Julia und stand wieder auf. »Ganz sicher nicht!«, sagte Manu. Julia grinste. »Dann muss ich eben nachhelfen«, sagte sie und schubste die Freundin in den Blätterberg. »Hey!«, rief Manu, als sie fiel. »Wow, das macht ja echt Spaß«, sagte sie, nachdem sie gelandet war. »Sag ich doch.« Die nächste halbe Stunde ließen sie sich abwechselnd immer wieder in den Blätterhaufen fallen. Bis ein älterer Mann in einem grauen Mantel in ihre Richtung lief und sie böse ansah. »Los, schnell weg!«, rief Manu. Julia rappelte sich auf, und sie rannten nach Hause.

»Willst du auch einen Tee?«, fragte Julia. »Oh ja, und ein Fußbad«, antwortete Manu. »Der Tee kommt sofort«, sagte Julia und startete den Wasserkocher. Dann nahm sie eine Porzellankanne, setzte das Teesieb ein und holte losen Roibuschtee aus einer Dose, maß ihn mit dem Teemaß ab und gab ihn in das Sieb. Das Wasser war auch so weit und sie füllte die Kanne damit. Sie sah auf die Uhr, ließ ihn drei Minuten ziehen, entfernte das Sieb, nahm zwei Tassen aus dem Schrank und brachte alles auf einem Tablett rüber an den Tisch. »Ah, heiß!«, sagte Manu, nachdem sie einen Schluck genommen hatte. »Sei nicht immer so ungeduldig«, mahnte Julia sie. »Mir sind die Füße und Hände abgefroren«, jammerte Manuela. »Oh ja, mir auch«, sagte Julia und pustete auf ihren Tee. »Das war immerhin deine glanzvolle Idee, jetzt kannst du auch bibbern«, sagte Manu und streckte Julia die Zunge raus. »Ich wollte dir gerade ein Fußbad machen, aber jetzt habe ich es mir anders überlegt«, sagte Julia. »Wie gemein du immer zu mir bist«, beklagte sich Manuela. »Na gut. Ich will mal nicht so sein«, sagte Julia, stand auf und verschwand im Badezimmer. Sie nahm die graue Fußwanne, die hinter der Badtür stand, ließ Wasser in die Badewanne laufen, kontrollierte mit der linken Hand die Temperatur und ließ es in die Schale laufen. Dann drehte sie den Hahn ab, nahm noch ein Handtuch aus dem Regal und kehrte in die Küche zurück. »Hier, meine allerliebste Freundin«, sagte Julia und stellte die Wanne vor Manu auf den Boden. »Kannst du mir noch die Schuhe und die Socken ausziehen?«, fragte Manu. »Aber gern doch«, sagte Julia und half der Freundin aus den Schuhen und den Strümpfen.

»Ah!«, sagte Manu. »Zu heiß?«, fragte Julia. »Nein, genau richtig«, antwortete Manu. Julia nahm wieder Platz und trank etwas Tee. »Wie wäre es denn mit künstlicher Befruchtung?«, fragte Manu. »Weißt du, was das kostet? Und dann klappt es vielleicht nicht mal. Nein, nein, wir versuchen es mit Herrn Ostwald«, sagte Julia. »Oder bist du eifersüchtig?«, fragte Julia. »Vielleicht ein bisschen«, gab Manu zu. »Das ist rein körperlich, das versichere ich dir, mein Schatz, ich habe absolut keine Gefühle für ihn«, sagte Julia. »Schwörst du's?«, fragte Manuela. »Ich schwöre beim Leben unseres ungeborenen Kindes, dass ich keine romantischen Gefühle für Herrn Ostwald habe«, sagte Julia und hob die rechte Hand. »Okay, danke«, sagte Manu und nahm einen Schluck Tee. »Wie geht's deinen Füßen?«, fragte Julia. »Sie fühlen sich langsam wieder wie Füße und nicht wie Eiszapfen an«, sagte Manu.

Sie saßen noch eine Weile beisammen, bis Julia sagte: »Ich muss ins Bett, letzte Nacht war ja nicht so erholsam. Kommst du mit?« »Ja, geh du schon mal ins Bad, ich räume hier noch auf und komme dann gleich nach«, sagte Manu. Zwanzig Minuten später lagen beide aneinandergekuschelt im Bett. »Ich sollte mein Handy einfach ausschalten«, sagte Julia. »Nur wegen der blöden Nuss? Keine Chance«, sagte Manu und küsste Julia. »Schlaf gut«, sagte Julia. »Du auch.«

Um vier Uhr dreiundzwanzig klingelte Julias Handy. Plötzlich saß sie aufrecht im Bett und begann zu zittern. Sie knuffte Manu. »Manu, das ist sie wieder. Was soll ich machen?«, fragte Julia. Manu sprang aus dem Bett, lief zum Nachttisch von Julia, nahm das Handy und hob ab. »Hallo Tina, hast dich wohl in der Uhrzeit vertan?«, fragte Manu. »Nein, du kannst Julia nicht sprechen, weder jetzt noch sonst irgendwann. Das haben wir gemeinsam so entschieden!«, rief Manu und legte auf. Gleich darauf klingelte es wieder. »Und jetzt?«, fragte Julia. Manu schaltete das Handy aus. »Jetzt gehen wir wieder schlafen«, sagte Manu und legte sich wieder ins Bett. »Du weißt, dass sie nicht aufhören wird, oder?«, fragte Julia und nahm eine Hand von Manu. »Morgen holst du dir eine neue Telefonnummer«, sagte Manu. Julia küsste die Handfläche von Manu und schloss die Augen.

»Manu, wach auf, wir haben verschlafen!«, rief Julia und rüttelte die Freundin. »Was?«, nuschelte Manu. »Wir! Haben! Verschlafen!«, sagte Julia. Jetzt wurde auch Manu wach. »Fuck!«, sagte Manu. Julia stürzte ins Bad und unter die Dusche. »Warte, ich dusche gleich mit«, sagte Manu und gesellte sich mit unter den warmen Strahl. »Guten Morgen«, sagte Manu und küsste Julia auf den Mund. »Guten Morgen«, sagte auch Julia und erwiderte den Kuss. »Dafür haben wir jetzt keine Zeit«, sagte Manu. »Hey, du hast doch damit angefangen«, sagte Julia und strich Manu über die Brüste. »Das geht jetzt echt nicht«, sagte Manu und entwand sich der Freundin, dann stieg sie aus der Dusche. Julia fühlte sich allein, beeilte sich dann aber, aus der Kabine zu kommen. Das Frühstück ließen sie ausfallen. Manu startete den Wagen, und

23

schon waren sie unterwegs. Sie kamen zehn Minuten zu spät, aber das fiel keinem auf. Sie schlenderten zu ihren Macs und fuhren sie hoch, dann begannen sie an den Bildern zu arbeiten, die sie noch letzte Woche begonnen hatten. Um neunzehn Uhr packten sie zusammen, da rief Herr Ostwald: »Frau Krone, haben Sie noch einen Moment?« »Ich warte im Auto auf dich«, flüsterte Manu. »Ja, ich komme«, sagte Julia und ging in das Büro. Herr Ostwald schloss die Tür hinter Julia und griff sogleich nach ihren Brüsten. Dann knutschte er sie ab. Julia machte mit, damit er keinen Verdacht schöpfte. Schon lag die Bluse auf dem Boden, dann folgten BH, Rock und Höschen. Ihr Chef lief um den Schreibtisch, nahm sich ein Kondom, zog sich Hemd und Hose aus und streifte es über den erigierten Penis. Dann nahm er eine Tube Gleitgel und schmierte das Kondom damit ein. Schon drang er in Julia ein und legte sie auf den Schreibtisch. Mit mächtigen Stößen fuhr er in sie und zog sich dann ein Stück zurück, nur um gleich wieder in sie zu stoßen. Julia spannte die Beckenmuskulatur an. Herr Ostwald knetete Julias Brüste und stieß immer weiter in sie. Julia kam zum Orgasmus, als auch ihr Chef sich in das Kondom ergoss. Als er von ihr abgelassen hatte, zog sie ihm den Präser von seinem erschlafften Schwanz und machte einen Knoten hinein, dann zog sie sich wieder an, behielt

24

das Kondom aber in der linken Hand. Herr Ostwald nickte ihr zu und sie verließ das Büro. Schnell verzog sie sich auf die Toilette, entknotete das Kondom und ließ den Saft in ihre Scheide fließen. Nachdem sie eine Viertelstunde gewartet hatte, verließ sie das WC und begab sich zu Manu.

»Und, bist du wenigstens gekommen?«, fragte Manu. »Oh ja, und wie! Nicht traurig sein, mit dir ist es viel schöner«, sagte Julia und tätschelte Manu den Arm. Manu fuhr los. »Wie bringst du es ihm bei, wenn es geklappt hat? Dann musst du ihn ja nicht mehr ranlassen«, fragte Manu. »Gute Frage, ich sage einfach, dass mir seine Frau leidtut und ich es nicht mehr machen kann«, sagte Julia. »Und du glaubst, das nimmt er dir ab?« »Bestimmt, er ist ja nicht der Hellste«, sagte Julia und kicherte. »Aber er kann dich noch immer feuern«, sagte Manu. »Dann müssen wir das eben verhindern«, sagte Julia. »Und wie?«, fragte Manu. »Du filmst uns beim nächsten Mal, ganz einfach«, sagte Julia. »Und wie bitte soll ich das machen? Die Jalousie ist doch immer zugezogen«, sagte Manu. »Du musst dich eben vor das Büro knien und durch die Jalousie durchfilmen.« »Na, ob das klappt?«, fragte Manu. »Anders können wir es nicht machen, ich kann ja schlecht sagen, dass ich es zur Erinnerung haben will, oder?«, fragte Julia wütend. »Schon gut, schon gut. Mann!«, antwortete Manu. »Tut mir leid, das ist mir grade alles zu viel«, sagte Julia. »Das müssen wir ja nicht heute entscheiden, jetzt musst du erstmal schwanger werden und dann sehen wir weiter«, sagte Manu. »Hoffentlich klappt es bald, ich glaube die Anderen reden schon«, sagte Julia. »Ich habe nichts gehört«, sagte Manu. »Vielleicht werde ich auch nur langsam paranoid«, sagte Julia. »Hoffentlich fliegen wir nicht auf«, sagte Julia. »Das werden wir sicher nicht. Mal nicht immer gleich den Teufel an die Wand. In neun bis zehn Monaten haben wir ein Baby und sind endlich eine komplette Familie«, sagte Manu. »Wenn uns Tina nicht dazwischenfunkt«, sagte Julia. »Was will die schon machen, außer nachts anrufen?«, fragte Manu. »Keine Ahnung, wozu sie in ihrem verdrehten Hirn in der Lage ist«, sagte Julia. »Ich hätte nicht gleich zu dir ziehen sollen, erstmal eine eigene Wohnung, damit sie keinen Verdacht schöpft«, sagte Julia. »Hätte, hätte, Fahrradkette. Jetzt ist es eben so, wie es ist, das können wir auch nicht mehr ändern. Und ich hätte es sicher nicht mehr länger ohne dich ausgehalten«, sagte Manu. »Das ist lieb von dir«, sagte Julia. »Das sage ich nicht nur so, das ist mein Ernst«, sagte Manu. »Danke«, sagte Julia und griff die rechte Hand der Freundin.

Kapitel 2

Zwei Wochen waren seit dem Abend vergangen, an dem Julia erneut versucht hatte, schwanger zu werden. Sie war in der Wohnung auf der Toilette und sah wie gebannt den Schwangerschaftstest an. ›Negativ!‹, dachte sie. ›Wie kann der Test negativ sein?‹, dachte sie. »Mach's doch nicht so spannend. Sind wir Eltern?«, fragte Manu von vor der Badtür. Julia zog ihre Hose hoch und ging nach draußen. »Leider nicht«, sagte Julia und gab ihrer Freundin den Test. »Echt nicht? Aber wie kann das sein? Nachdem du so oft Sex mit ihm hattest«, fragte Manu. »Ich weiß es doch auch nicht, Herrgott«, schrie Julia und verzog sich in das Schlafzimmer, dort angekommen, warf sie sich auf das Doppelbett und vergrub den Kopf unter einem Kissen. »So ein Mist!«, rief Manu. Julia drückte das Kissen auf ihre Ohren und schluchzte. ›Ich bin so eine Versagerin. Nicht mal schwanger kann ich werden‹, dachte Julia. Manu kam ins Zimmer. »Hat dein Frauenarzt auch sicher das Diaphragma entfernt?«, fragte Manu. »Na klar, er hat es mir sogar gezeigt, nachdem er es rausgeholt hatte«, sagte Julia. »Ich kann mir das einfach nicht erklären«, sagte Manu. »Und wenn du ihn bittest, es ohne Gummi mit dir zu machen?«, fragte Manuela. »Hab ich doch schon längst gemacht, aber seine Antwort war nein«, sagte Julia und wischte sich über die Augen. »Mach einen Termin beim Arzt und lass dich durchchecken«, sagte Manu. Julia nahm ihr Handy aus der hinteren Hosentasche ihrer Jeans und wählte die Nummer ihres Frauenarztes, dann vereinbarte sie einen Termin.

Zwei Tage später kam der Anruf des Arztes, als sie gerade im Büro arbeitete. Schnell ging sie zur Toilette und nahm das Gespräch an. »Hallo, Herr Doktor Waldhaus. Wie sieht es aus?«, fragte Julia atemlos. »Frau Krone, die Tests haben nichts Außergewöhnliches ergeben, Sie sind kerngesund«, sagte der Arzt. »Und ich bin auch nicht unfruchtbar?«, platzte es aus Julia heraus. »Ganz im Gegenteil, alles ist In Ordnung, Sie können jederzeit schwanger werden«, sagte der Arzt. »Danke, Herr Doktor«, sagte Julia und legte auf. Erleichterung breitete sich in ihr aus. Sie straffte sich und ging wieder in das Großraumbüro. Dann setzte sie sich an ihren Tisch. Da kam auch schon eine Whatsapp: »Und was ist?«, fragte Manu. »Alles in bester Ordnung, ich kann jederzeit schwanger werden, meint der Doc«, schrieb Julia zurück. »Und jetzt?«, fragte Manu per Messenger. »Ich habe keine Ahnung«, antwortete Julia.

Am Abend lagen die beiden Freundinnen

nebeneinander im Bett. »Und wenn wir das nächste Mal sein Sperma untersuchen lassen?«, fragte Manu. »Und was willst du sagen, wo wir es herhaben?«, fragte Julia. »Oh«, machte Manu. »Dann müssen wir uns einfach jemand anderes suchen«, sagte Manu. »Ja klar, weil das auch so leicht ist«, antwortete Julia. »Lass uns eine Nacht drüber schlafen«, sagte Manu. »Ich kann heute bestimmt nicht schlafen, mir kreisen so viele Ding im Kopf herum«, sagte Julia. »Dann kannst du ja überlegen, wo wir das Geld für eine künstliche Befruchtung herbekommen«, sagte Manu. »Das wäre das Beste, das stimmt. Und dreitausend bis fünftausend Euro sind jetzt auch nicht die Welt, dann muss unser USA-Urlaub eben ins Wasser fallen«, sagte Julia. »Echt? Darauf hatte ich mich doch schon so gefreut«, sagte Manu. »Ja, ich mich auch, aber was ist dir wichtiger, Urlaub oder ein Kind?«, fragte Julia. »Ein Kind natürlich«, sagte Manu wie aus der Pistole geschossen.

Um vier Uhr fünfzehn klingelte es an der Haustür. »Was zum Geier?«, nuschelte Julia und ging schlaftrunken zur Tür. Sie öffnete und vor ihr stand Tina. »Wie kommst du hier rein?«, fragte Julia entsetzt. Tina schob sie zur Seite und drängte sich an ihr vorbei. »Verschwinde!«, schrie Julia. Tina ließ sich nicht beirren, sie lief durch alle Räume, bis sie im Schlafzimmer auf die nun wache Manu traf. »Du

Schlampe nimmst mir nicht meine Freundin weg«, sagte Tina und warf sich auf Manu. Dann deckte sie sie mit Schlägen ein. »Hilfe!«, schluchzte Manu. Julia war wie vor den Kopf gestoßen, ohne viel zu überlegen, hechtete sie auf Tinas Rücken und schlug auf ihre Schultern ein. Tina schüttelte sie einfach ab und schlug weiter auf Manu ein. Blut aus Manus Nase spritzte an die Wand. Julia rannte in den Flur zum Telefon und rief die Polizei, dann versuchte sie erneut, Manu und Tina voneinander zu trennen, jedoch wieder ohne Erfolg. Als Sirenen zu hören waren, ließ Tina von Manu ab. »Das war noch nicht das letzte Wort in der Sache«, drohte sie, drückte sich an Julia vorbei und verschwand aus der Wohnung. Julia stürzte auf Manu zu und umfasste sie. »Au, nicht!«, sagte Manu. »Oh, entschuldige«, sagte Julia und ließ augenblicklich los. Sie huschte ins Badezimmer, machte einen Waschlappen nass und reichte ihn der Freundin, nachdem sie wieder ins Schlafzimmer zurückgekehrt war. Da klingelte es an der Haustür. Es war die Polizei, Julia schilderte, was vorgefallen war, und sie zeigten Tina an. Die Streife rief einen Krankenwagen und Manu und Julia fuhren ins Krankenhaus. Zum Glück konnten die Ärzte Entwarnung geben, es war nichts gebrochen und sie hatte auch keine inneren Verletzungen davongetragen, nur einige Prellungen. Aber ihre Nase war gebrochen.

»Eine tolle Freundin hast du da«, meckerte Manu, als sie im Taxi saßen und nach Hause fuhren. »Tut mir leid«, sagte Julia kleinlaut. »Das sollte es auch«, fuhr sie Manu an. »Wenn ich ausziehen soll ...«, setzte Julia an. »Quatsch. Ich weiß ja, du kannst nichts dafür«, sagte Manu in versöhnlichem Ton. »Komm her«, sagte Manu und breitete die Arme aus. Julia schmiegte sich ganz vorsichtig an sie, aber Manu sog doch die Luft ein. »Tut mir leid«, sagte Julia und schluchzte. »Nicht so schlimm«, entgegnete Manu und zog die Freundin an sich.

Als sie wieder in ihrer Wohnung waren, kuschelte sich Manu ins Bett. »Heute brauche ich nichts mehr«, stöhnte sie. »Kann ich verstehen. Es tut mir alles so unendlich leid«, sagte Julia. »Hör auf, dich dauernd zu entschuldigen. Du bist nicht wie ein Berserker auf mich losgegangen und hast mir auch nicht die Nase gebrochen«, sagte Manu. »Ja, aber wenn du mich nicht kennen würdest, wäre das alles nicht passiert«, sagte Julia und wurde mit jedem Wort leiser. »Komm her«, sagte Manu. Julia kroch zu ihr ins Bett. »Ich liebe dich und daran wird auch deine durchgeknallte Ex-Freundin nichts ändern«, sagte Manu und küsste Julia auf die Stirn. »Wie kannst du mich nach dem, was passiert ist, denn noch lieben?«, fragte Julia mit Tränen in den Augen. »Ganz einfach, du bist meine Seelenverwandte, und ich kann ohne dich nicht mehr existieren«, antwortete

Manu. »Wirklich?«, fragte Julia. »Ja, wirklich«, sagte Manu und küsste Julia auf die Stupsnase. Julias blaue Augen füllten sich erneut mit Tränen, diesmal waren es aber Tränen der Dankbarkeit. Ihr blondes Haar, das ihr bis zu den Schulterblättern fiel, strich sie sich aus dem Gesicht und küsste Manuela leidenschaftlich auf den Mund. Braune Augen sahen sie leidenschaftlich an. Sie wischte Manu das braune Haar aus der Stirn, welches ihr bis zu den Schultern reichte. »So, jetzt wird aber geschlafen, du brauchst Ruhe«, sagte Julia, legte sich auf ihre Bettseite und löschte das Licht. »Julia, glaubst du, sie hat jetzt genug?«, fragte Manu. »Ehrlich, ich weiß es nicht. Ich hätte nie gedacht, dass sie so weit gehen würde«, antwortete Julia. »Träum was Schönes«, sagte Manu. »Du auch.« Und dann schliefen beide ein.

Am nächsten Tag ging Julia allein zur Arbeit, sie meldete Manu für den Rest der Woche krank. Jede Stunde rief sie die Freundin an, um sich zu erkundigen, wie es ihr ging. »Hallo Mama, ja, ich liege noch im Bett. Ja Mama, alles im grünen Bereich. Nein, du brauchst nicht früher heimzukommen«, sagte Manu. »Aber wenn etwas sein sollte, wenn dir schwindelig wird, ruf mich sofort an«, wies sie Julia an. »Ja, Mama«, sagte Manu und legte auf.

Als Julia gerade gehen wollte, kam Herr

Ostwald zu ihr. »Kann ich Sie kurz im Büro sprechen, Frau Krone?«, fragte er. »Nun, ich wollte eigentlich gerade gehen«, setzte Julia an. Folgte ihrem Chef dann aber doch in sein Zimmer. Er schloss die Tür hinter ihr und holte ein Kondom aus seiner Schublade. »Wissen Sie, Herr Ostwald, meine Mitbewohnerin ist krank und ich sollte wirklich so langsam mal nach ihr sehen«, sagte Julia. »Ihnen gefällt die Arbeit hier doch, Frau Krone, oder?«, fragte ihr Chef. »Ja klar.« »Dann sollten Sie doch noch eine halbe Stunde für unser Gespräch erübrigen können«, sagte Herr Ostwald. Ergeben entkleidete sich Julia und ließ den Akt über sich ergehen.

Als sie bei ihrer Freundin war, erwähnte sie das erneute Stelldichein mit keinem Wort. Manu schnupperte an ihr. »Du riechst nach Sex!«, rief sie. »Ich fasse es nicht, du lässt dich bumsen, während ich hier halbtot liege«, beschwerte sie sich. »Das war nicht meine Entscheidung, er hat mir quasi mit Kündigung gedroht, wenn ich ihm nicht zu Willen bin«, sagte Julia und begann zu zittern. »Das kann so nicht mehr weitergehen«, sagte Manu. »So, dann bin ich ja mal auf deine Lösung gespannt«, sagte Julia. »Ich habe keine«, gab Manu kleinlaut zu. »Na, siehst du! Ich habe auch keine«, sagte Julia. Tränen liefen ihr aus den blauen Augen und verschmierten ihre Mascara. »Wir hätten unseren Plan besser durchdenken sollen«, sagte Manu. »Wer konnte denn ahnen, dass Herr Ostwald so ein sexsüchtiger Typ ist«, sagte Julia und wischte sich die Tränen aus den Augen. »Vielleicht sollte ich mir einen anderen Job suchen«, sagte Julia, nachdem sie sich etwas gefasst hatte. »Gute Idee. Es gibt schließlich noch mehr Grafikdesigner in der Stadt«, sagte Manu und tätschelte Julia die Schulter. »Das mache ich, aber nicht mehr heute«, sagte Julia. Dann stand sie auf und ging in die Küche, um Abendbrot zu machen. Sie kochte Reis, schnippelte eine Zwiebel, öffnete eine Dose Kidneybohnen, eine Dose Mais, eine kleine Dose Möhren, würfelte eine rote Paprikaschote sehr fein, fügte Öl und Tomatenmark hinzu, Paprikapulver, eine Prise Salz und Fleischbrühe und zu guter Letzt etwas Tabasco. Rührte alles in einer großen Pfanne zusammen und wartete, bis es fertig war. »Essen ist fertig«, rief sie. Dann deckte sie den Tisch. Manu humpelte wie eine alte Frau und setzte sich. »Oh, das duftet aber lecker«, sagte sie. »Lass es dir schmecken«, sagte Julia. Tat sich etwas auf den Teller, rührte es aber nicht an. »Alles okay?«, fragte Manu mit vollem Mund. »Hm, hab keinen Hunger«, sagte Julia. »Ach, komm schon, wo du dir schon die Mühe gemacht hast. Wenigstens ein klein wenig«, sagte Manu. »Nein, danke«, sagte Julia. Manu nahm eine Gabel voll und machte Motorengeräusche. »Hier kommt der Flieger, Luke auf«, sagte sie. Julia musste schmunzeln, öffnete dann aber den Mund und nahm einen Bissen. »Okay, ich esse etwas«, gab sie sich geschlagen und führte die eigene Gabel zum Mund. Jetzt merkte sie erst, wie viel Hunger sie doch hatte, und aß den ganzen Teller leer. »Braves Mädchen«, lobte Manu. »Und du willst wirklich kündigen?«, fragte Manu unvermittelt. »Was habe ich schon für eine andere Möglichkeit?«, fragte Julia. »Der Chef wird mich nicht mehr in Ruhe lassen, jetzt, wo er mich als Gespielin gewonnen hat. Und, ich muss ja zugeben, sein Schwanz ist nicht von schlechten Eltern und ich komme auch jedes Mal, aber ich will doch eigentlich nur meinen Lebensunterhalt verdienen, ohne dass ich ihm sexuell hörig sein muss«, sagte Julia. »Ich verstehe schon, aber du hast damit ja eigentlich nur angefangen, um unseren Traum von der Elternschaft zu erfüllen, vergiss das nicht«, sagte Manu. »Ja, ich weiß, aber ich glaube, ich kann das einfach nicht mehr, nicht mit ihm. Er sieht zwar immer noch gut aus und befriedigt mich auch, aber da er verhütet und es bisher nicht geklappt hat, wenn ich mir sein Sperma eingeführt habe, muss ich etwas anderes versuchen, verstehst du?«, fragte Julia. »Aber gleich kündigen ist schon etwas krass, oder nicht?«, fragte Manu. »Mir fehlen leider andere Optionen. Ich habe nur drei Möglichkeiten: Ich stehe ihm weiter zur Verfügung, ich beende es, dann kündigt er mir, oder ich gehe von selbst und beende es auf diese Weise«, sagte Julia. Ihr schossen heiße Tränen in die Augen. »Ich sehe schon, dass du nicht so weitermachen kannst, dir fehlt einfach die nötige Abgebrühtheit«, sagte Manu. »Soll das ein Vorwurf sein?«, fuhr Julia auf. »Nein, überhaupt nicht. Ich weiß ja auch nicht, wie ich in deiner Situation reagieren würde. Wahrscheinlich ähnlich. Dann stellen wir unseren Plan, Eltern zu werden, eben noch etwas zurück«, sagte Manu. »Siehst du das wirklich so? Wir werden immerhin nicht jünger und jetzt wäre ein optimaler Zeitpunkt, zumindest, wenn ich den Job behalte. Wir haben zwei gute Einkommen, okay, wir müssten uns langfristig nach einer größeren Wohnung umsehen, aber sonst«, sagte Julia. »Größere Wohnungen kosten mehr Geld. Wir nagen zwar nicht direkt am Hungertuch, aber wenn ein Einkommen komplett wegfällt«, sagte Manu. »Hm, du meinst also, wir können es uns eigentlich gar nicht leisten, eine Familie zu gründen?«, fragte Julia. »So weit würde ich jetzt nicht gehen, immerhin schaffen es viele Paare, mit nur einem Einkommen über die Runden zu kommen, aber wir müssten uns schon einschränken, und wie gesagt, eine größere Wohnung kostet mehr Geld, oder gar ein Haus, was ja optimal wäre«, sagte Manu. »Oh ja, ein Haus mit Garten, das wäre ein Traum«, schwärmte Julia. »Aber wollen wir das Kind dann in die Kita abschieben, um weiter beide arbeiten zu können? Was haben wir dann davon, ein Kind zu haben, wenn wir es nur am Abend sehen, bevor es ins Bett muss?«, fragte Manu. »Also sollen wir das Thema Kind begraben?«, fragte Julia entsetzt. »Nein, das meine ich ja gar nicht, aber wir müssen schon überlegen, was da alles auf uns zukommt, auch finanziell«, sagte Manu. »Also wäre das Beste, wenn ich weiter die Gespielin unseres Chefs bleibe und hoffe, dass es irgendwann klappt, oder ich versuche parallel, jemanden zu finden, der mich mal eben schwängert und dann nichts mehr mit mir zu tun haben will. Ein One-Night-Stand zum Beispiel«, sagte Julia. »Und wenn der irgendwelche Krankheiten hat? Wie willst du das vermeiden? Glaubst du, er zeigt dir seinen letzten HIV-Test, oder was?«, fragte Manu. »Keine Ahnung, vielleicht schon«, sagte Julia. »Meine Süße, du bist manchmal echt naiv«, sagte Manu. »Tut mir leid«, sagte Julia und schluchzte. »Süße, das war nicht böse gemeint. Komm her«, sagte Manu. Julia stand auf und setzte sich auf Manus Schoß.

Sie waren spät zu Bett gegangen. Julia wälzte sich unruhig hin und her. Da klingelte es an der Tür. Wie elektrisiert saß Julia im Bett und begann zu zittern. Sie umgriff ihre Freundin und drückte sich ganz fest an sie. Diesmal würde sie nicht die Tür öffnen und Tina die Gelegenheit geben, wieder auf

Manu einzuschlagen. Es klingelte wieder. »Was ist los?«, nuschelte Manu. »Nichts, schlaf weiter«, sagte Julia. Jetzt klingelte es Sturm. Manu wollte gerade aufstehen, da klammerte sich Julia an die Freundin und bedeckte sie mit Küssen. »Lass sie einfach, sie geht auch wieder«, beschwor Julia die Freundin. Es wurde wieder geklingelt und wieder und wieder, sicher eine Stunde ging das so, dann war endlich Ruhe.

Am nächsten Tag schleppten sie sich müde zur Arbeit. Es war die reinste Qual, zu arbeiten. Julia gähnte immer wieder. Sie trank literweise Kaffee, aber er schien immer nur kurzfristig zu helfen. Sie sah zu Manu hinüber, die gerade ein Gähnen unterdrückte. Julia wollte gerade ihren Mac runterfahren, als sie eine Mail von ihrem Chef erhielt. Sie solle mal ganz kurz bei ihm im Büro erscheinen, ohne Höschen. ›Das hat mir gerade noch gefehlt!‹, dachte Julia. Sie gab Manu ein Zeichen, dann verschwand sie auf der Toilette. Manu folgte ihr. »Was ist?«, fragte die Freundin. »Ich soll zum Chef, ohne Höschen«, sagte Julia. »Du musst das beenden«, beschwor Manu sie. »Ich kann nicht«, sagte Julia und eine Träne lief ihr aus dem linken Auge. Sie zog ihren Slip aus, gab ihn ihrer Freundin und machte sich auf den Weg ins Büro. Herr Ostwald schloss wie immer die Tür hinter ihr, nahm ein Kondom aus der Schublade. Julia zog sich aus, und er drang, ohne ein Wort zu verlieren, in sie ein. Heute tat es weh, da sie nicht feucht war und er diesmal kein Gleitgel benutzt hatte. Julia biss sich auf die Lippen. Herr Ostwald drängte sie an seinen Schreibtisch, bis sie das Gleichgewicht verlor und mit dem Rücken auf der Tischplatte lag. Er hämmerte seinen Penis in ihre Vagina mit einer Unbarmherzigkeit, dass Julia die Tränen kamen. Sie dachte daran, ein Haus mit Garten und ein Kind zu haben, um nicht im Hier und Jetzt bleiben zu müssen. Herr Ostwald keuchte und kam. Dann zog er sich aus ihr zurück. Nahm das Kondom ab und drückte es Julia in die Hand. Sie zog sich wieder an und verließ so schnell sie konnte das Büro. Auf der Toilette stürmte sie in eine Kabine, spülte das Kondom herunter und begann zu weinen. Sie wurde regelrecht von Wellen der Trauer und Scham geschüttelt, sie konnte gar nicht mehr damit aufhören. Dann hörte sie die Tür zum WC aufgehen und steckte sich eine Faust in den Mund, aber konnte das Schluchzen nicht ganz abstellen. Es klopfte sanft an ihrer Kabinentür. »Julia, Süße, ich bin es, mach auf«, sagte Manu. Mit zitternden Fingern öffnete sie das Schloss. Manu kam zu ihr in die Kabine und verschloss die Tür wieder. Dann nahm sie Julia in die Arme. So standen sie ein paar Minuten in der Kabine, bis Julia sich wieder gefasst hatte. »Du darfst nicht mehr zu ihm gehen. Versprich mir das«, sagte Manu.

»Das kann ich nicht«, wimmerte Julia. »Siehst du nicht, dass er dich kaputtmacht?«, fragte Manu. »Ich kann nicht«, sagte Julia und versuchte, sich aus der Umarmung zu lösen. »Ich lasse dich erst los, wenn du mir versprichst, nicht mehr zu ihm zu gehen«, sagte Manu. »Ich kann nicht«, schluchzte Julia und zitterte. »Was hat er dir angedroht?«, fragte Manu und umfasste die Schultern der Freundin. »Heute nichts«, sagte Julia. »Aber du hast Angst davor, gefeuert zu werden, oder?«, fragte Manu. Julia nickte. »Wir kommen auch mit nur einem Gehalt vorerst über die Runden«, sagte Manu. »Es tut mir leid«, sagte Julia. »Was tut dir leid?«, fragte Manu sanft. »Dass ich nicht stärker bin«, sagte Julia und sah zu Boden. »Komm, schau mir in die Augen«, sagte Manu und hob Julias Kopf. »Du bist stark, du hast dich nur verlaufen«, sagte Manu. »Nein, ich gehe zu Herrn Ostwald und sage ihm, er kann mit mir machen, was er will und wann er es will, solange er mich nur nicht feuert«, sagte Julia. »Bist du verrückt? Das machst du nicht«, sagte Manu. »Wir nehmen uns den Rest des Tages frei und dann klappern wir die anderen Designfirmen ab«, sagte Manu bestimmt. »Die nehmen mich doch niemals«, sagte Julia. »Wenn du so denkst, dann garantiert nicht«, sagte Manu. »Nein, ich gehe nochmal in sein Büro und lasse mich dann wieder von ihm durchficken. Dann können wir nach Hause. Ich habe es schließlich nicht anders verdient«, sagte Julia mit zitternder Stimme. »Was ist nur mit dir passiert? Du warst so selbstbewusst, und jetzt sieh dich an, du bist nur noch ein Häufchen Elend.« »Es tut mir leid«, sagte Julia. »Vielleicht sollte ich auch zurück zu Tina gehen, du bist ohne mich bestimmt besser dran«, sagte Julia und sah auf ihre Schuhe. »Bist du jetzt völlig durchgeknallt?«, fragte Manu. »Ich habe es doch nicht besser verdient«, sagte Julia, straffte die Schultern und wollte die Kabine verlassen, aber Manu stellte sich ihr in den Weg. »Wenn du da jetzt rausgehst, dann nur, um mit mir heimzukommen«, sagte Manu. »Okay«, flüsterte Julia. Manu gab den Durchgang frei und führte die Freundin aus dem Gebäude.

Zuhause angekommen, ließ Manu Wasser in die Wanne laufen, zog Julia aus und half ihr in die Wanne. »So, jetzt machst du die Augen zu und denkst an gar nichts. Ich koche einen Tee«, sagte Manu. Julia fühlte sich ganz klein und hilflos, aber sie tat, was Manu befohlen hatte. Als Manu mit einer Tasse Tee zu ihr kam, schreckte Julia hoch. »Hier, trink das. Vorsicht, heiß«, sagte Manu. Julia nahm einen kleinen Schluck und merkte, wie Wärme sich in ihr ausbreitete. Endlich konnte sie loslassen. »Bleibst du noch ein wenig?«, fragte sie. »Ja«, antwortete Manu. Julia nahm noch einen Schluck, und Manu rieb sie mit einem Badeschwamm ab. Ihre

Berührungen waren so zart, dass Julia wieder zu weinen anfangen musste. »Was ist? Tu ich dir weh?«, fragte Manu besorgt. »Nein, das ist so schön, das habe ich gar nicht verdient«, sagte Julia. »Ach, meine Kleine. Was hat er nur mit dir gemacht?«

Julia lag eine Viertelstunde später eingepackt im Bett und schlief.

Manu saß im Wohnzimmer und surfte im Internet, sie sah sich Stellenangebote für Grafikdesigner an und notierte sich Kontaktdaten. Gegen ein Uhr ging sie auch zu Bett. Julia sah so verloren aus, wie sie da allein im Bett lag. Manu kuschelte sich an sie, was Julia ein Grinsen auf das schlafende Gesicht zauberte.

Am nächsten Morgen wachte Julia auf und sah sich voller Panik um, als sie Manu nicht neben sich im Bett vorfand. »Manu! Wo bist du?«, rief sie. »Hier, Süße«, sagte Manu und kam zu ihr geeilt. »Du bleibst heute zuhause«, sagte Manu. »Nein, ich kann nicht«, sagte Julia. »Was, wenn er mich heute wieder benutzen will und ich nicht da bin?«, fragte sie. »Du spinnst wohl, du gehst nie wieder alleine in dieses Büro!«, rief Manu. »Aber mein Job«, sagte Julia und sah Manu verzweifelt an. »Ich habe gestern Abend Agenturen rausgesucht. Da bewirbst du dich heute und bleibst hier«, sagte Manu. »Okay«, sagte Julia kleinlaut. Manu machte sich fertig und verließ die gemeinsame Wohnung. Julia stemmte sich aus dem

Bett, ging ins Wohnzimmer und sah die Notizen von Manu durch. Dann setzte sie sich an den Laptop und brachte ihren Lebenslauf auf den neuesten Stand. Sie rief bei einigen Firmen an und schickte Bewerbungen ab. Gegen Mittag machte sie sich einen Salat und überlegte, was sie noch machen sollte. Sie tigerte durch die Wohnung, checkte immer wieder ihre Mails und ging gegen zwei vor die Tür, setzte sich in ihr Auto und fuhr in das Büro. »Was machst du denn hier?«, fuhr Manu sie an, nachdem sie das Großraumbüro betreten hatte. »Ich, also ich«, stammelte Julia. Da kam Herr Ostwald auf sie zu. »Frau Krone, kommen Sie kurz mit?«, fragte er. Manu sah sie fest an und schüttelte den Kopf. Julia sah zu Boden und folgte ihrem Chef. »Sie waren heute Vormittag nicht da«, stellte Herr Ostwald fest und schloss die Tür. »Ja, tut mir schrecklich leid, ich, mir ging es nicht so gut«, stammelte Julia. »Ausziehen!«, befahl ihr Chef. Julia tat wie befohlen und stand schon bald nackt vor ihm. Er zog sich die Hose herunter, streifte ein Kondom über und drang in sie ein. Er stieß hart zu. Julia fühlte sich wie aufgespießt. Immer wieder hämmerte er in ihre Körpermitte. Julia hatte das Gefühl, ihren Körper zu verlassen. Sie spürte nichts mehr, hörte sein Stöhnen nicht mehr, schmeckte das Blut nicht, dass aus ihrer aufgebissenen Lippe strömte. Sie hatte das Gefühl, aufgehört zu haben, zu existieren. Als er mit einem unterdrückten Grunzen kam, kehrte sie langsam in ihren Körper zurück. Er zog sich aus ihr heraus. Julia zog sich an. »Danke, Herr Ostwald«, sagte sie, nahm den gebrauchten Präser in die Hand und verschwand auf die Toilette, dort entsorgte sie das Kondom und ging an ihren Platz. Manu tauchte neben ihr auf. »Verdammt, Julia! Warum bist du hier?«, fragte Manu. »Ich, ich habe Pflichten«, sagte Julia, konnte Manu aber nicht in die Augen sehen. »Du brauchst professionelle Hilfe«, sagte Manu. »Was?«, fragte Julia. »Eine Therapeutin«, sagte Manu. »Was?«, fragte Julia erneut. »Jemand, der sich mit Traumata auskennt«, sagte Manu. »Es ist alles okay mit mir«, sagte Julia und schenkte ihrer Freundin ein Lächeln. »Du bist total durch den Wind«, zischte Manu, dann ging sie an ihren Arbeitsplatz.

Nach der Arbeit fuhren sie getrennt nach Hause. Als Julia die Küche betrat, packte Manu sie an den Schultern. »Du brauchst eine Therapie«, sagte sie. »So ein Quatsch, mir geht es fabelhaft«, sagte Julia. »Ich habe mich mal nach Selbsthilfegruppen für Missbrauchsopfer umgesehen«, sagte Manu. »Was?«, fragte Julia. »Der Chef missbraucht dich, kapierst du das nicht?«, rief Manu. »Nein, ich mache das freiwillig«, sagte Julia. »Das kannst du mir nicht erzählen«, sagte Manu. »Du brauchst professionelle Hilfe«, sagte

Manu. »Nein!«, rief Julia. »Mir geht es gut«, flüsterte sie dann. Manu fasste Julia an die Brüste, sie zuckte zusammen. »Siehst du, nicht mal meine Berührungen erträgst du«, sagte Manu. »Bitte fass mich nochmal an, ich werde nicht zucken«, flehte Julia. »Nein!«, sagte Manu. Julia sprang auf, nahm die Hände der Freundin und legte sie auf ihre Brüste. »Siehst du? Ich zucke nicht vor dir zurück«, rief Julia. »Ich will dir doch nur helfen«, sagte Manu. Tränen schossen ihr in die braunen Augen. »Nicht weinen. Bitte, Manu. Ich bin bald wieder, wie du mich haben willst. Versprochen«, sagte Julia. Manu umschlang Julia und zitterte unter Tränen. »Sch, sch«, sagte Julia und streichelte Manu über das braune Haar. »Wie wäre es, wenn wir miteinander schlafen würden?«, fragte Julia. »Du hast Nerven!«, stieß Manu hervor. »Bitte, ich habe Lust auf dich«, sagte Julia. Dann küsste sie Manu und streichelte ihren Oberkörper. »Warum tust du das?«, fragte Manu. Erwiderte aber die Küsse. »Sch«, sagte Julia. Dann führte sie Manu in das Schlafzimmer, zog sie aus und entledigte sich ihrer eigenen Kleider. Dann schubste sie Manu auf das Bett. »Das ist die beschissenste Idee, die du heute hattest«, sagte Manu. Löste sich aber nicht von den Lippen der Freundin. Julia küsste Manus Brustwarzen, nahm sie in den Mund und leckte daran herum. Manus Nippel wurden steif. Sie stöhnte leise. Julia wanderte am Körper der Freundin herunter, bis sie ihre Scham erreicht hatte, dort nahm sie die Perle der Freundin zwischen die Lippen und saugte daran. Manu entfuhr ein Stöhnen. Julia reizte die Klitoris, bis Manu kam. Dann löste sich Julia von der Freundin, holte den Dildo und führte ihn Manu ein. Die keuchte kurz auf. Julia verwöhnte die Freundin, bis diese zum Orgasmus kam. »Danke«, keuchte Manu. »Sehr gerne«, sagte Julia und legte sich neben sie. »Aber Schatz, du musst doch auch einsehen, dass es mit Herrn Ostwald nicht mehr so weitergehen kann«, sagte Manu. »Ich habe heute ein paar Bewerbungen verschickt«, sagte Julia. »Und wirst du auch zu Vorstellungsgesprächen gehen, wenn sie dich einladen?«, fragte Manu. »Ja klar«, sagte Julia. »Und du sagst das jetzt nicht nur so?«, fragte Manu. »Nein, ich weiß, ich kann nicht länger das Fickstück von meinem Boss sein«, sagte Julia. Manu sah sie ernst an. Konnte sich aber nicht entscheiden, wie ernst es Julia damit war. »Also wirst du morgen nicht mit ihm ficken, wenn er es von dir verlangt?«, fragte Manu. »Ich, ich«, sagte Julia und sah weg. »Wusste ich es doch!«, stieß Manu wütend hervor. »So schlimm«, setzte Julia an. »Jetzt sag nur nicht, so schlimm sei das nicht! Das stimmt nicht, und das weißt du auch. Dieser Mann zerstört dich und du sagst zu allem ja und amen«, sagte Manu. »Sei nicht wütend auf mich«, bat Julia. »Bitte.« »Du machst mich wahnsinnig«, sagte Manu. »Ich tue alles, was du willst«, sagte Julia und schniefte. »Dann hör auf, Ostwald zu ficken«, sagte Manu. »Ich weiß, du hast was Besseres als mich verdient. Entschuldige bitte«, sagte Julia. »Du bist das Beste, was mir je passiert ist«, sagte Manu und sah Julia in die Augen. »Tut mir leid«, sagte Julia und schniefte. »Hör auf, dich zu entschuldigen«, sagte Manu. »Tut mir leid«, sagte Julia. »Ich liebe dich, Julia, aber gerade würde ich dich am liebsten schlagen«, sagte Manu. »Bitte nicht. Ich mach es wieder gut«, sagte Julia und sprang aus dem Bett, nackt ging sie in die Küche und begann Bratkartoffeln und Würstchen zu braten.

Kapitel 3

Langsam bildete sich eine Routine heraus. Julia ließ sich von Herrn Ostwald ficken, hatte Versöhnungssex mit Manu und versuchte, ihr jeden Wunsch von den Augen abzulesen. Manu wusste nicht, was sie davon halten sollte, brachte es aber nicht fertig, Julia wegen einer Therapie weiter unter Druck zu setzen. Sie hoffte nur, dass es mit einem anderen Job klappen würde, damit sie von ihrem jetzigen Chef loskam. Sie hatte zwei vielversprechende Vorstellungsgespräche gehabt, aber die Stellen waren erst in drei beziehungsweise in sechs Monaten zu besetzen.

Sobald Julia in der Wohnung ankam, sprang sie unter die Dusche, um Manu den Geruch nach Sex zu ersparen.

Eines Nachts lagen sie nebeneinander, nachdem sie sich geliebt hatten, und waren gerade dabei wegzudämmern, als es einen lauten Knall gab. Sie sprangen aus dem Bett und sahen sich erschrocken um. Die Wohnung schien noch zu stehen. Schnell zogen sie sich etwas an und spähten in den Hausflur. Da eröffnete sich ihnen ein Bild der Zerstörung. Die Haustür hing in den Angeln, die Briefkästen waren explodiert. Und Tina stand vor dem Haus. »Das war erst der Anfang«, schrie sie wie von Sinnen, dann sprang sie in ihren Wagen und fuhr, wie von Furien gehetzt, davon. Julia brach zusammen und verlor das Bewusstsein.

Als sie wieder zu sich kam, lag sie in ihrem Bett und Manu umarmte sie. Sie gab ihr Küsse auf das Gesicht und flüsterte ihr Liebkosungen zu. »Was? Was ist passiert?«, fragte Julia. »Deine verrückte Ex hat unser Haus fast in die Luft gesprengt«, sagte Manu. »Ohne mich wärst du besser dran«, schluchzte Julia. »Nein, wäre ich nicht. Du bist mein Leben«, sagte Manu und küsste die Tränen aus Julias Gesicht. »Was sollen wir jetzt machen?«, fragte Julia. »Wir werden sie morgen anzeigen«, sagte Manu. »Aber wir haben doch keine Beweise«, sagte Julia. »Wir haben sie doch gesehen«, sagte Manu. »Das kann ja jeder behaupten«, sagte Julia. »Na toll, und jetzt? Lassen wir sie damit davonkommen?«, fragte Manu. »Müssen wir wohl«, antwortete Julia. »So ein Mist!«, fluchte Manuela. »Tut mir leid. Das wollte ich alles nicht. Du kannst dich ruhig von mir trennen, das wirst du früher oder später ohnehin tun«, schniefte Julia. »So ein Quatsch. Ich werde mich nie von dir trennen. Komm mit in die Wohnung, mir wird kalt«, sagte Manu. »Und was machen wir mit der Tür?«, fragte Julia. »Tja, ich würde sagen, die lassen wir fürs Erste so, wie sie ist. Beweissicherung. Und ich bin auch nicht sicher, ob sie nicht völlig auseinanderfällt, wenn wir sie bewegen«, sagte Manu. Dann nahm sie Julia bei den Schultern und schob sie vor sich in die Wohnung. »Was, wenn sie wieder kommt?«, fragte Julia. »Die kommt heute bestimmt nicht mehr zurück«, sagte Manu. »Woher willst du das wissen?«, fragte Julia. »Weil sie sicher denkt, wir hätten die Bullen gerufen, was wirklich nicht schlecht gewesen wäre. Wir haben nur Glück, dass die Martinis heute nicht da sind«, sagte Manu. »Wo sind denn unsere Nachbarn?«, fragte Julia. »Sie sind im Theater in Hamburg«, sagte Manu. »So weit weg, zum Glück«, sagte Julia. »Ich glaube, sie haben Hochzeitstag oder so«, sagte Manu. »Oh, das passt ja«, stieß Julia hervor. Manu zog die linke Augenbraue hoch. »Na ja, Beziehungsprobleme und so«, nuschelte Julia. »Das bezeichnest du als Beziehungsprobleme? Deine Ex gehört ins Irrenhaus«, fuhr Manu auf. »Tut mir leid«, schniefte Julia. Tränen füllten ihre blauen Augen. »Das ist doch nicht deine Schuld«, sagte Manu. »Aber ohne mich wäre sie niemals hier gelandet«, sagte Julia und wurde bei jedem Wort leiser. »Ach Süße, vielleicht hat sie jetzt genug, wo sie gemerkt hat, wie gefährlich das war. So skrupellos kann selbst sie nicht sein«, sagte Manu, »Hast du schon die Prügel vergessen, die sie dir verpasst hat?«, fragte Julia. »Oh, erinnere mich bloß nicht daran«, sagte Manu und fasste sich instinktiv an die Rippen. »Es ist doch wieder verheilt, oder?«, fragte Julia panisch. »Ja, alles wieder okay, mach dir keine Sorgen«, sagte Manu und gab Julia einen Kuss auf den Scheitel. »Können wir jetzt schlafen gehen? Morgen müssen wir wieder ins Büro«, sagte Manu. »Okay, ich versuche zu schlafen, kann aber nichts versprechen«, sagte Julia. »Schon okay.« Manu umarmte Julia und drückte sie fest an sich. Julia entspannte sich langsam, lag aber noch lange wach.

Am nächsten Morgen rüttelte Manu an Julia. »Hey, steh auf, wir kommen noch zu spät«, sagte sie. »Hmpf«, machte Julia und verkroch sich unter dem Kissen. Da wurde es ihr auch schon entrissen. »Ich habe kaum geschlafen«, beschwerte sich Julia. »Tja, das kümmert Herrn Ostwald nur leider einen Dreck!«, sagte Manu und spuckte den Namen ihres Chefs beinahe aus. »Okay, ich hüpfe schnell unter die Dusche, Frühstück fällt aus«, sagte Julia, sprang auf und rannte ins Badezimmer. Sie stellte das Wasser auf kalt und schrie vor Schreck, aber jetzt war sie wach. Schnell duschte sie und zog sich an. Fünf Minuten später standen sie vor der Haustür, oder dem, was davon noch übrig war. Julia ging auf ihren Wagen zu und erstarrte. Sie hatte vier platte Reifen. »Na danke Tina. Das auch noch«, sagte sie. »Was ist?«, fragte Manu. Julia zeigte auf ihr Auto. »Oh, dann müssen wir mit meinem fahren«, sagte Manu. Hier waren die Reifen verschont geblieben. »Hast du eine Ahnung, was vier neue Allwetterreifen kosten?«, fragte Julia, nachdem Manu losgefahren war. »Ich schätze so um die fünfhundert Euro«, sagte Manu. »Na toll, Urlaub ade«, sagte Julia. »Das war ja ohnehin keine richtige Option mehr, wegen neuer Wohnung und so, wenn das Kind mal da ist«, sagte Manu. »Okay, dann eben Kind ade«, sagte Julia. »Das ist nicht dein Ernst?«, fragte Manu. »Na, ja nicht ganz, aber vielleicht etwas später«, sagte Julia. »Puh, hast du mir einen Schrecken eingejagt!«, sagte Manu. »Tut mir leid. Es ist nur alles so frustrierend. Nichts funktioniert, wie ich mir das vorgestellt habe, und dann auch noch die Sabotageakte von Tina«, sagte Julia und stieß die Luft aus. »Wir müssen noch zur Polizei und sie anzeigen«, sagte Manu. »Oh, das machen wir am besten in der Mittagspause«, sagte Julia.

Der Tag im Büro plätscherte so vor sich hin, und als sie auf dem Polizeirevier Anzeige erstattet hatten, schien man sie nicht so recht ernst zu nehmen, sie wollten Kollegen schicken, die sich die Tür und die Briefkästen ansahen, aber viel mehr war nicht zu erwarten. Zum Glück war Herr Ostwald heute nicht da, er hatte einen Termin bei einem Kunden.

»Sollen wir noch ins Kino gehen?«, fragte Manu. »Ach, ich weiß nicht, ich will einfach nur nach Hause«, sagte Julia. »Na gut, dann machen wir es uns auf dem Sofa bequem und kuscheln ein wenig«, sagte Manu. »Das hört sich himmlisch an«, sagte

Julia. Als sie zuhause waren, wechselten sie in bequeme Jogginganzüge und kuschelten sich auf der Couch aneinander. »So sollte es immer sein«, sagte Julia. »Das wird es bald. Spätestens wenn wir in eine größere Wohnung umgezogen sind und Tina die Adresse nicht kennt«, sagte Manuela. »Musstest du ausgerechnet sie erwähnen?«, fragte Julia und stöhnte. »Sorry, hab nicht drüber nachgedacht«, sagte Manu. »Für den Rest des Abends wird sie nicht mehr erwähnt, okay?«, fragte Julia. Manu nickte. »Wie wäre es mit etwas Eis?«, fragte Julia. »Ich glaube, wir haben noch Vanille da«, sagte Manu. Julia stand auf und ging in die Küche, dort öffnete sie den Kühlschrank und das Gefrierfach, dort stand eine Zwei-Liter-Box Vanilleeis. Sie holte sie heraus, verteilte etwas davon in zwei Müslischalen und räumte sie wieder weg. Dann lief sie zurück zu Manu und reichte ihr eine Schüssel. »Ah, wie doof, jetzt habe ich die Löffel vergessen. Hältst du mal?«, fragte Julia und drückte Manu die Schalen in die Hände. Schnell sprintete sie in die Küche, holte zwei Esslöffel aus der Besteckschublade und kam zurück ins Wohnzimmer. »Hier, ach warte, ich nehme dir meine Schüssel erstmal ab«, sagte Julia und griff sich eins der Gefäße. Dann setzte sie sich und gab Manu den Löffel. »Ja, Eis am Abend, das ist der perfekte Abschluss des Tages«, sagte Manu. Dann schwiegen sie eine Weile und aßen. »Ostwald könnte ruhig öfter Außentermine haben«, sagte Manu. »Ich glaube, ich will auch nicht über ihn reden«, sagte Julia. »Sorry, sorry. Sollen wir dann nach neuen Reifen sehen?«, fragte Manu. »Oh, die Reifen!«, stöhnte Julia. »Ich bin gleich mit Essen fertig, dann schaue ich nach«, sagte sie. Sie löffelte sich schnell das Eis in den Mund. »Aah, Gehirnfrost!«, rief sie und rieb sich die Schläfen. »Eis soll man ja auch genießen und nicht im Unverstand hineinschlingen«, sagte Manu und grinste. »Du hast ja recht«, gab sich Julia geschlagen. Sie schloss die Augen. Manu stupste sie an. »Nicht einschlafen, ich will dich nicht ins Bett tragen müssen«, sagte sie. »Ich schlafe nicht, ruhe nur kurz die Augen aus«, sagte Julia. »Gib mir lieber deine Schüssel«, sagte Manu und nahm der Freundin das Eis ab. Julia lehnte sich an Manus Schulter und döste ein.

Als Julia am nächsten Morgen vom Wecker geweckt wurde, wusste sie nicht, wie sie in der Nacht ins Bett gekommen war. Manu musste sie doch getragen haben. »Tut mir leid«, sagte Julia verschlafen. »Was?«, fragte Manu. »Dass ich eingeschlafen bin«, sagte sie. »Schon okay, du bist ja zum Glück leicht wie eine Feder«, sagte Manu und gab Julia einen Kuss. »Müssen wir gleich los?«, fragte Julia. »Na, zum Duschen reicht's noch«, antwortete Manu. »Ich hatte etwas anderes im Sinn«, sagte Julia, zog ihre Freundin an sich und küsste sie leidenschaftlich. Manu entwand sich ihr. »Dafür haben wir definitiv keine Zeit mehr, so leid es mir tut«, sagte Manu. Julia zog eine Schnute. »Oh Mann, wann bist du so spießig geworden?«, fragte Julia. »Seit wir planen, eine Familie zu gründen. Ich will meinen Job noch etwas behalten«, sagte Manu. »Geh du zuerst, ich brauche mal eine Tasse Kaffee«, sagte Julia und begab sich in die Senkrechte. »Das kannst du vergessen, unsere Maschine braucht ewig, so viel Zeit haben wir definitiv nicht, komm lieber mit mir unter die Dusche, dann sind wir schneller«, sagte Manu. »Soll das ein Angebot sein?«, fragte Julia und zwinkerte Manu zu. »Heute nicht, ich will einfach nur bald los«, sagte Manu. »Spielverderberin.« Die beiden duschten schnell, zogen sich an und fuhren dann zur Arbeit. Herr Ostwald schien Julia vergessen zu haben, denn er bat sie nicht einmal in sein Büro. Julia atmete erleichtert durch, als sie das Büro mit Manu verließ. Als sie zu Hause angekommen waren, schnappte sich Julia das Tablet und suchte nach Reifen, sie fand welche, die zusammen aber achthundert Euro kosteten. Sie rief den Händler an und vereinbarte einen Termin für Samstag.

Manu fuhr mit Julia zum Reifenhändler. Als Julia per Bankkarte bezahlte, musste sie ein Seufzen unterdrücken. Die Reifen passten zum Glück in Manus Wagen und so fuhren sie nach Hause.

Nachdem sie die Reifen ausgeladen hatten, machten sie sich ans Montieren. Die vermaledeiten Schrauben ließen sich nicht lösen, was sie auch versuchten. Zum Glück kamen ihre Nachbarn aus Hamburg zurück und Herr Martini übernahm den Reifenwechsel, wofür sie ihn und seine Frau am Abend zum Italiener zum Essen einluden. Natürlich waren Herr Martini und Frau Martini schockiert, als sie die Haustür und die Briefkästen sahen, aber Manu hatte bereits den Vermieter informiert, der am nächsten Tag jemanden schickte, der alles reparierte. Bald sah alles wieder aus wie vor dem Anschlag, und Julia und Manu entspannten sich langsam.

Sie saßen am Frühstückstisch, als Manu plötzlich herausplatzte: »Wir brauchen eine Überwachungskamera, wenn sie wieder etwas kaputt macht, haben wir Beweise, die wir der Polizei zeigen können.« »Sind die Dinger nicht sehr teuer?«, fragte Julia. »Ich habe mal bei Amazon geschaut, da gibt es welche ab fünfzig Euro«, sagte Manu. »Oh, das geht ja«, sagte Julia. »Ja, und ich habe sie auch schon bestellt, per Prime, morgen ist sie da«, sagte Manu. »Du lässt aber auch nichts anbrennen«, sagte Julia. »Ja, und ich habe auch gleich ein Schild dazu bestellt: Videoüberwachung«, sagte Manu. »Respekt, scheint, als hättest du an alles gedacht. Halt, weiß unser Vermieter Bescheid?«, fragte Julia.

»Den habe ich zuallererst gefragt, er meinte, nach dem Riesenschaden an den Briefkästen und der Tür ist das eine super Idee«, sagte Manu.

Julia und Manu hatten die Kamera so angebracht, dass sie den Eingangsbereich und den Parkplatz im Blick hatte, jetzt saßen sie an Julias Laptop und richteten das Programm ein. »Ich habe auch eine SD-Karte besorgt, die in der Kamera steckt und zur Beweissicherung alles aufzeichnet«, sagte Manu. »Ha Tina, nimm das! Die nächste Aktion wird dein Untergang«, sagte Julia grimmig.

Bis spät in der Nacht saßen sie vor dem Laptop und sahen auf die Aufzeichnungen, aber es passierte nichts. Tina ließ sich nicht blicken. »Es ist schon nach zwölf, wir sollten mal ins Bett gehen«, sagte Manu. »Okay, gleich«, sagte Julia. »Das hast du vor zwei Stunden auch schon gesagt«, sagte Manu und gähnte. »Ach, echt? Na gut, dann gehen wir schlafen«, antwortete Julia. Sie richteten sich noch für die Nacht und schliefen beide bald ein.

Der Wecker dröhnte in Julias Schlaf. »Mist!«, stöhnte sie. Da wurde sie schon von Manu an der Hüfte gepackt und geschüttelt. »Los, steh auf, wir müssen los«, sagte Manu, die zu Julias Erstaunen schon komplett angezogen war. »Warum hast du mich nicht früher geweckt?«, fragte Julia. »Du sahst so süß aus, da brachte ich es einfach nicht fertig«, sagte Manu. Julia streckte ihr die Zunge raus und verschwand im Bad.

Als sie im Büro ankamen, waren sie zehn Minuten zu spät.

»Frau Krone, kommen Sie mal in mein Büro?«, fragte Herr Ostwald. Manu schüttelte den Kopf und sah Julia fest an. Die sah zu Boden und ging in das Büro. Manu schlich ihr nach und filmte mit ihrem Handy durch die Jalousien durch, was vor sich ging. Herr Ostwald ging wieder an seine Schublade, nahm sich ein Kondom heraus, zog sich aus und streifte es über seinen mächtigen Schwanz. Julia zog sich aus, legte sich mit dem Rücken auf den Schreibtisch und wartete darauf, bis er in sie eindrang. Ihr Chef legte auch gleich los und rammte seine Lanze tief in ihre Mitte. Julia biss sich auf die Lippen, um nicht zu stöhnen. Immer wieder glitt er in sie hinein und dann ein Stück aus ihr heraus, nur umso wuchtiger wieder in sie hineinzufahren. Julia dachte an Manu und fühlte sich schlecht. Ihre Lust war verflogen. Nach endlosen Minuten kam Herr Ostwald in ihr und zog sich aus ihr zurück. Dann zog er das Präservativ ab und entsorgte es im Mülleimer. Julia rappelte sich von der Schreibtischplatte hoch, zog sich an und verließ den Raum, draußen stieß sie mit Manu zusammen. »Ah!«, entfuhr es Julia. »Was machst du denn hier?«, fragte sie. »Deine Befreiung organisieren«, sagte Manu. »Und das heißt was genau?«, fragte Julia. »Ich habe euer Nümmerchen von eben aufgezeichnet«, sagte Manu. »Bitte nicht, willst du mir das jetzt immer vorspielen, wenn du mit mir darüber redest, dass es falsch ist, was ich tue?«, fragte Julia. »Nein, damit können wir dafür sorgen, dass es aufhört. Wir spielen es seiner Frau zu, der gehört nämlich die Firma, sie kümmert sich nur nicht mehr um die Geschäfte«, sagte Manu. »Und?«, fragte Julia. »Mann, sie trennt sich von ihm und feuert ihn, und wir haben dein Problem gelöst«, sagte Manu triumphierend. »Ich weiß nicht, ich denke, sie wird mich auch feuern«, sagte Julia. »So schlimm ist das auch nicht, immerhin hast du bald einen neuen Job«, sagte Manu. »Das ist noch nicht sicher«, antwortete Julia. »Na toll. Dann willst du also weiterhin nichts tun?«, fragte Manu wütend. »Ich hoffe einfach, dass der Stellungswechsel klappt«, sagte Julia. »Ich spiele es dir trotzdem heute Abend vor«, sagte Manu und ging zu ihrem Platz zurück.

Als Manu das Video abspielte, sah Julia entsetzt darauf. »Oh Gott, bin ich hässlich, wenn ich Sex habe.« »Quatsch, du bist immer süß, und du siehst gar nicht hin«, maulte Manu. »Mach es aus, ich kann mir das nicht ansehen«, sagte Julia. »Na, wenn du es dir schon nicht ansehen kannst, und du warst live dabei, was denkst du, wie seine Frau reagiert?«, fragte Manu. »Sie wird mich hassen und ihn verteidigen«, sagte Julia und begann zu weinen. »Es ist doch zu sehen, dass er den Ton angibt«, sagte

Manu und umarmte die Freundin. »Nein, ich will nicht, dass das jemand sieht. Ich schäme mich so«, sagte Julia. »Wenn wir das Tina zuspielen, bricht sie Ostwald sämtliche Knochen«, frotzelte Manu. »Das ist nicht witzig«, sagte Julia. »Am besten, du löschst es«, sagte Julia. »Nein, keine Chance«, antwortete Manu. »Bitte, mir zuliebe«, bettelte Julia. »Gerade weil ich dich liebe, werde ich es nicht löschen«, beharrte Manuela. »Ach, mach doch, was du willst. Ich schlafe heute auf dem Sofa«, sagte Julia und holte sich ihr Bettzeug. »Jetzt sei doch nicht kindisch«, sagte Manu. »Dann lösche es«, sagte Julia. »Nein!« »Okay, dann gute Nacht«, sagte Julia und richtete ihr Nachtlager auf der Couch ein.

Am nächsten Morgen taten Julia alle Knochen weh, das Sofa war unbequem gewesen und sie hatte gegen drei Uhr überlegt, ins Bett umzuziehen, wollte dann aber doch nicht klein beigeben. »Guten Morgen. Gut geschlafen?«, fragte Manu. »Hmpf«, murmelte Julia und stand auf. »Ich hätte dich nicht verurteilt, wenn du ins Bett gekommen wärst«, sagte Manu. »Als-ob«, sagte Julia und hielt sich die Hände auf den Rücken. »Löschst du das Video?«, fragte Julia. »Nein«, sagte Manu. »Ich will nicht, dass das irgendjemand zu Gesicht bekommt«, sagte Julia. »Und wenn wir es Ostwald zeigen?«, fragte Manu. »Spinnst du? Dann feuert er mich garantiert«, sagte Julia. »Ach was, er wird dich in Zukunft in Ruhe lassen«, sagte Manu. »Das Risiko gehe ich nicht ein«, sagte Julia. »Na gut, dann hörst du aber endlich damit auf, ihn zu ficken!«, schrie Manuela. Julia begann zu zittern. »Ich, ich mache das doch nicht, um dir weh zu tun«, stammelte Julia. »Irgendwie drehen wir uns bei dem Thema immer im Kreis«, sagte Manu wütend. »Ich kann dir nur anbieten, dass du Schluss mit mir machst«, sagte Julia und weinte. »Hör auf zu flennen«, zischte Manu. »Es tut mir leid«, würgte Julia hervor und rannte ins Badezimmer, sie schloss die Tür hinter sich und sank auf den Boden, wo sie zitternd ihre Beine umklammerte. »Lass mich rein«, sagte Manu von der Tür her. »Willst du mir beim Packen helfen?«, rief Julia. »Nein, aber du musst verstehen, dass es so nicht mehr weitergehen kann. Du musst dich von Ostwald fernhalten«, sagte Manu. »Und wie soll ich das machen, bitte schön? Er ist immer da«, fragte Julia. »Du gehst nur noch in sein Büro, wenn Ursula als stellvertretende Teamleiterin dabei ist«, sagte Manu. »Darauf lässt er sich doch nie ein. Dann sagt er mir, dass ich meine Sachen packen kann, und ich stehe auf der Straße, und du vielleicht auch gleich mit«, sagte Julia. »Okay, wir machen es so, ich melde dich für heute krank, dann sehen wir weiter«, sagte Manu. »Ich kann nicht schon wieder krankfeiern«, wandte Julia ein. »Dann versprich mir, dass du heute sein Büro nicht betrittst«, sagte Manu. »Okay!«, rief Julia, rappelte sich auf und öffnete die Tür. Manu nahm sie in die Arme und drückte sie ganz fest an sich.

Im Büro verschwand Julia immer aufs Klo, sobald Herr Ostwald aus der Tür sah. So schaffte sie es, nicht von ihm angesprochen zu werden, bis sie mit Manu nach Hause fuhr. »Und, war das so schwer?«, fragte Manu. »Ich habe den halben Tag auf der Toilette verbracht und hab meine Arbeit nicht geschafft«, sagte Julia. »Besser so, als dass er dich wieder bestiegen hätte«, sagte Manuela und kniff die Lippen aufeinander. »Ja, entschuldige«, sagte Julia.

Als sie zuhause ankamen, fand Julia einen Brief im wiederhergestellten Briefkasten. Es war eine Absage, jetzt hatte sie nur noch eine Stelle offen. Frustriert warf sie sich auf das Bett. »Hey, Süße, das klappt schon noch«, sagte Manu. »Ich glaube es nicht mehr«, sagte Julia. »Vielleicht sollte ich mich schon mal arbeitsuchend melden«, sagte Julia. »Wenn du von dir aus kündigst, bekommst du erstmal kein Geld«, sagte Manu. »Und was soll ich jetzt deiner Meinung nach tun?«, fragte Julia. »Du musst dafür sorgen, dass Ostwald dich feuert«, sagte Manu. »Das dürfte kein Problem sein«, sagte Julia. »Das glaube ich auch«, stimmte Manu zu.

Kapitel 4

Am nächsten Tag fuhr Julia bereits um fünf zur Arbeit. Sie konnte die Beziehung zu Manu nicht riskieren. Um sieben kam Herr Ostwald ins Büro. »Ähm, Herr Ostwald, haben Sie eine Minute?«, fragte Julia und biss sich auf die Lippen. »Frau Krone, für Sie immer«, sagte Herr Ostwald und deutete mit einem Arm in Richtung seines Zimmers. Als Julia es betreten hatte, folgte er ihr und schloss schnell die Tür, dann ging er zu seinem Schreibtisch. »Ich kann das nicht mehr tun«, flüsterte Julia. »Frau Krone, was haben Sie gesagt?«, fragte Herr Ostwald. »Ich, ich, also, ich kann das nicht mehr tun, mit Ihnen«, stammelte Julia. »Dann muss ich Sie leider feuern«, sagte Ostwald. »Okay, dann feuern Sie mich«, antwortete Julia. »Wenn das Ihr Wunsch ist. Frau Krone, Sie sind entlassen!«, brüllte Herr Ostwald. Julia zuckte unter jedem seiner Worte zusammen, dann drehte sie sich um, öffnete die Tür und verließ das Büro. Sie ging zu ihrem Schreibtisch, öffnete die Schubladen und häufte ihre Habseligkeiten auf die Tischplatte, dann ging sie zum Kopierer, nahm sich eine halbleere Kiste mit Papier, entfernte den Rest und nahm die Schachtel mit zum Tisch, dann legte sie alles hinein, sah sich noch einmal in dem Großraumbüro um und verließ die

Firma. Als sie in ihrem Auto saß, überkam sie ein Zitteranfall. Sie wollte zurückgehen, um Verzeihung bitten, um ihren Job betteln, aber das würde das Ende der Beziehung zu Manu bedeuten, also startete sie schließlich den Wagen und fuhr ziellos in der Gegend herum. Nachdem sie zweimal getankt hatte, lenkte sie gegen zweiundzwanzig Uhr dreißig ihr Auto auf den Parkplatz vor der gemeinsamen Wohnung. Wie ein Zombie stieg sie aus, nahm den Karton und schleppte sich in die Wohnung. Kaum hatte sie das Heim betreten, fiel ihr schon Manu um den Hals. Der Karton fiel zu Boden. »Ich weiß, dass du gekündigt hast, mein Schatz, ich bin dir ja so dankbar«, sagte Manu und drückte Julia fest an sich. »Und ich bin jetzt arbeitslos«, schluchzte Julia. »Du wirst sehen, das dauert nicht lange und dann hast du wieder einen Job. Du bist so talentiert«, sagte Manu. »Ich hätte mich einfach von ihm vögeln lassen sollen«, sagte Julia. »Sag das nicht. Hey, meine Süße. Kein Job der Welt ist es wert, sich dafür missbrauchen zu lassen.« »Es war doch meine freie Entscheidung, oder nicht?«, fragte Julia. »Nein, er hat dich von Anfang an erpresst«, sagte Manu. »Nein, so war das nicht, ich habe ihn angemacht, weil ich schwanger werden wollte«, sagte Julia. »Und er hat es gleich ausgenutzt und dich gezwungen, es immer und immer wieder mit ihm zu tun«, sagte Manuela. »Meinst du? Ich bin mir da nicht sicher, ich wollte doch unbedingt ein Kind. Und nicht mal das habe ich geschafft. Kein Job, kein Kind, nichts«, sagte Julia. »Sch, sch«, sagte Manu und streichelte Julia über den Kopf. »Wir haben es doch nicht eilig mit dem Kinderkriegen. Jetzt erholst du dich erstmal ein paar Tage, und vielleicht klappt das mit der neuen Stelle ja doch noch«, sagte Manu. »Nein, ich bettele Ostwald an, dass er mich zurücknimmt, er kann mich dafür rund um die Uhr vögeln, wie und wann er will«, schluchzte Julia. »Du spinnst wohl, wenn du das machst, dann ist es aus zwischen uns«, sagte Manu. »Dein Ernst?«, fragte Julia. »Ja, todernst.« »Bitte verlass mich nicht, das würde ich nicht überleben«, sagte Julia und umarmte die Freundin. »Bitte, bitte. Ich mache alles, was du willst«, sprach Julia weiter. »Dann sag sowas nicht mehr!«, rief Manu. »Okay, okay, es tut mir leid«, sagte Julia und bedeckte Manu mit Küssen. »Schon gut. Ich weiß ja, du stehst gerade etwas neben dir. Aber denk dran, du hast noch die Chance auf eine andere Stelle, und am Wochenende dehnen wir die Suche auf andere Orte aus, irgendwo wird es schon eine Stelle für dich geben«, sagte Manu. »Ostwald stellt mir sicher kein Zeugnis aus«, jammerte Julia. »Egal, du reichst einfach ein paar deiner Designs ein, dann sehen sie, was du draufhast«, sagte Manu. »Zum Glück habe ich alle auf USB-Sticks gesichert«, sagte Julia erleichtert. Nun besser gelaunt, machte sie sich daran, ihre Bewerbung neu zu gestalten und nach Firmen zu suchen, die in der Gegend waren. Julia arbeitete die ganze Nacht durch und verschickte eine Mail nach der anderen. Um sechs war sie noch immer auf den Beinen und hatte gerade ihre dreißigste Bewerbung auf den Weg gebracht, als Manu ins Wohnzimmer tapste. »Warst du etwa die ganze Nacht auf?«, fragte sie. »Jupp, ich habe dreißig neue Bewerbungen verschickt«, sagte Julia mit Stolz in der Stimme. »So eilig hättest du es auch nicht haben müssen«, sagte Manu und zog Julia an einer Strähne, die ihr ins Gesicht fiel. »Doch, mir fällt schon die Decke auf den Kopf«, sagte Julia. »Ich habe überlegt, ob ich nicht in dem Supermarkt mal nachfrage, ob sie zurzeit eine Aushilfe brauchen, wäre zwar nicht gerade mein Traumjob, aber es käme immerhin wieder Geld rein.« »Damit würde ich noch eine Woche oder so warten, falls dich eine der Firmen gleich anstellen will«, sagte Manu. »Okay, eine Woche, aber ich mache schon mal eine Bewerbung fertig«, sagte Julia und setzte sich wieder an den Computer.

Nachdem Manu gegangen war, druckte Julia die Bewerbung aus und brachte sie persönlich zum Supermarkt. Zuhause brachte sie die Wohnung auf Vordermann und veranstaltete einen Großputz. Als sie gegen zwei am Nachmittag damit fertig war, klingelte ihr Handy. Es war der Filialleiter, der ihr sagte, dass er von ihrer Bewerbung beeindruckt war und sie ab morgen im Lager anfangen konnte. Julia sagte sofort zu. Dann rief sie Manu an und teilte ihr die Neuigkeit mit. »Siehst du, es geht immer weiter, und das mit den anderen Jobs klappt auch noch, du wirst schon sehen«, sagte Manu. »Ich hoffe es, aber jetzt bin ich erstmal wieder beschäftigt«, sagte Julia erleichtert.

Am nächsten Tag trat sie ihre neue Stelle an, die Kollegen waren nett, sie zeigten ihr, was sie zu tun hatte, und brachten ihr die Bedienung der Ameise, einem Gerät zum Transport von Paletten, bei. Einen Haken hatte das Ganze aber, die Stelle war nur auf drei Monate befristet, weil sie als Mutterschaftsvertretung eingestellt war. Aber Julia beschloss, dass sie das erstmal nicht weiter kümmern würde. In der Zeit konnte viel passieren. Julia fühlte sich das erste Mal seit Wochen wieder richtig gut. Sie konnte ihre Stunden abarbeiten und am Abend gelöst und fröhlich zu Manu heimkommen. Sie hatten oft Sex gehabt in den letzten Tagen. Aber sie lagen oft auch einfach nebeneinander und kuschelten, das Leben war schön.

Einen Monat bevor ihr Vertrag auslief, bekam Julia eine Einladung zu einem Vorstellungsgespräch in einer Designagentur, sie war zwar siebzig Kilometer entfernt, aber den Weg würde Julia liebend gern auf sich nehmen. Alles lief super und Julia bekam noch am Ende des Gesprächs eine Zusage und konnte gleich den Vertrag unterschreiben. Sie kündigte im Supermarkt und fing bei der Agentur an. Da traf sie auf Mark, einen Azubi, der gerade achtzehn geworden war, und spürte sofort eine bestimmte Vertrautheit. Sie gingen nach der Arbeit noch einen trinken oder unterhielten sich noch im Büro. Manu hatte schon öfter angerufen und gefragt, wann sie denn gedachte heimzukommen, das war Julia jedes Mal peinlich, aber sie genoss die Gegenwart von Mark sehr. Es war keine sexuelle Anziehung, aber eine langsam wachsende Freundschaft.

»Manu, sei mir nicht böse, ich habe einfach die Zeit vergessen. Es war wieder so lustig mit Mark«, bettelte Julia. »Dann zieh doch bei ihm ein!«, schnaubte Manu. »So ist das doch gar nicht, ich will nichts von ihm. Ich liebe doch nur dich, mein Schatz«, sagte Julia und umfasste Manus Hüfte. »Du bist heute schon das dritte Mal diese Woche eine halbe Stunde zu spät und es ist erst Mittwoch«, sagte Manu. »Tut mir leid. Wir haben uns eben verquatscht«, sagte Julia. »Komm ins Bett, dann mache ich es wieder gut«, sagte Julia. »Na okay«, gab Manu nach. Sie liebten sich zwei Stunden lang und schliefen dann befriedigt ein.

Am nächsten Abend war Julia pünktlich. »Oh, da bist du ja schon, ich hatte noch gar nicht mit dir gerechnet«, sagte Manu spitz. »Setz dich, ich koche«, sagte Julia und verschwand in der Küche. Nach einer Stunde fuhr sie ein Drei-Gänge-Menü auf. »Hey Manu«, sagte Julia. »Was ist denn?«, fragte Manu zwischen zwei Bissen. »Ich habe Mark am Samstag zu uns eingeladen, damit ihr euch mal kennenlernen könnt«, sagte Julia. »Und wenn ich da schon Pläne habe?«, fragte Manu. »Oh, entschuldige, ich war nicht davon ausgegangen, dass«, stammelte Julia. »Entspann dich, war ein Witz. Na, dann werde ich ihm mal die Leviten lesen und ihn bitten, dich nicht immer so lange aufzuhalten«, sagte Manu. »Bitte mach keine Szene«, bat Julia. »Hat er keine Freundin, zu der er muss?«, fragte Manu, ohne weiter auf Julia einzugehen. »Ich glaube nicht«, sagte Julia. »Ah, der steht auf dich«, stellte Manu fest. »Nein, so ist das nicht. Da ist nichts Körperliches zwischen uns«, sagte Julia. »Na, das will ich doch schwer hoffen«, sagte Manu und starrte auf ihr Essen. »Wenn du erst mit ihm gesprochen hast, wirst du es verstehen«, sagte Julia. »Ich bin noch nicht überzeugt, aber solange du keine Affäre mit ihm hast«, sagte Manu. »Davor brauchst du nun wirklich keine Angst zu haben, wir werden es einmal miteinander machen und dann werden wir einfach Freunde bleiben«, sagte Julia. »Das hoffe ich schwer«, sagte Manu.

Kapitel 5

Als Manu Mark sah, war sie geplättet. Er war groß, sehr groß, 195 Zentimeter, und muskulös. Es sah aus, als hätten seine Muskeln an den Armen auch selbst Muskeln, seine Glatze verlieh ihm das Aussehen von The Rock. Was nicht so zu passen schien, waren das Holzfällerhemd und das Pentagramm, das er als Anhänger trug. »Ähm«, sagte Manu und wusste nicht, was sie mit ihrer Hand tun sollte. »Hi, du musst Manu sein. Ich bin Mark«, sagte der Typ und streckte Manu seine Pranke hin. Manu schüttelte sich kurz und nahm dann die angebotene Hand, sie war warm und rau. »Hi«, quiekte Manu. »Okay, um das Ganze etwas abzukürzen, ich habe Spaghetti gekocht, setzen wir uns doch in die Küche«, sagte Julia. »Schön habt ihr es hier«, sagte Mark, nachdem sie Platz genommen hatten. »Ja, aber es könnte etwas größer sein«, sagte Julia. Der Abend verging und Mark und Julia unterhielten sich, während Manu immer nur diesen Mann anstarren konnte. Irgendwann löste sie sich aus ihrer Erstarrung und fragte: »Und du wärst bereit, uns bei der Zeugung unseres ersten Kindes zu helfen?« »Hm, klar. Moment«, sagte Mark und zog einen zusammengefalteten Zettel aus der hinteren

Hosentasche. Es war sein negativer HIV-Test, jetzt sprang Julia auf, rannte ins Schlafzimmer, wühlte kurz in ihrem Nachttisch und kam mit ihrem negativen Test zurück. »Dann ist ja alles klar«, sagte Mark und aß weiter. »Und wann?«, setzte Manu an. »Ich bin in zwei Wochen wieder empfängnisbereit, wir dachten, dann versuchen wir es«, sagte Julia. »Oh, okay«, würgte Manu hervor. »Alles klar, Süße?«, fragte Julia. »Klar, ich freu mich«, sagte Manu schnell. Der Abend schritt weiter fort, und Manu beteiligte sich jetzt auch verstärkt an den Gesprächen und entspannte sich zusehends. Gegen eins brach Mark auf. Julia räumte noch die Spülmaschine ein und dann gingen sie gemeinsam ins Bett. »Er ist doch supernett, oder?«, fragte Julia, als sie nebeneinanderlagen. »Ja wirklich, und ich bin auch nicht eifersüchtig, wenn ich ihn mir mit dir im Bett vorstelle«, sagte Manu ehrlich. »Danke, mein Schatz, das bedeutet mir viel«, sagte Julia und küsste die Freundin.

Julia wurde von Tag zu Tag aufgeregter, sie hatte in ihrem Kalender begonnen, die vergangenen Tage auszustreichen, aß mehr Obst und Gemüse und trank keinen Alkohol mehr, was sie ohnehin nie übermäßig gemacht hatte.

Dann war es so weit. Julia, Manu und Mark hatten sich den Tag frei genommen, und so begrüßten die zwei Frauen ihn aufgeregt um zehn am Morgen. Julia hatte sich frisch rasiert und dreimal geduscht. Julia zitterte leicht, als sie Mark umarmte. »Hey, Julia, wir müssen nicht, wenn du dich unwohl fühlst«, sagte Mark. »Nein, nein. Ich will es unbedingt«, sagte Julia schnell. Dann zog sie Mark hinter sich ins Schlafzimmer. Manu folgte ihnen und nahm auf einem Stuhl aus der Küche Platz. Die beiden begannen damit, sich zu küssen, und zogen sich dann gegenseitig aus. Marks schwarzes Schamhaar war nicht rasiert, wie Manu erstaunt feststellte. Julia zog Mark auf das Bett, küsste ihn und fuhr mit den Händen seinen Sixpack nach. Marks Hände erkundeten ihren Körper, er knetete ihre Brüste. Die Nippel richteten sich auf. Mark hatte ein großes Gerät, was Manu anerkennend nicken ließ, ohne dass die beiden es gesehen hätten. Julia wurde feucht und stöhnte leicht in Marks Mund. »Okay, jetzt ist der Moment der Wahrheit«, sagte Julia. »Bist du dir sicher?«, fragte sie Mark. »Ja, und du?«, fragte dieser. »Ich auch.« Dann legte sich Julia auf den Rücken, griff nach seinem erigierten Schwanz und führte ihn ganz langsam Stück für Stück ein. Er war zu groß, um sich ganz in ihr versenken zu können, und Mark stieß ganz leicht zu. »Fester«, verlangte Julia. Und Mark erhöhte das Tempo. Sie fanden einen gemeinsamen Rhythmus, und Manu sah fasziniert zu, wie sich ihre Freundin hingab. Marks Kolben hämmerte in ihre Körpermitte, Julia zog ihre

Scheidenmuskulatur um seinen Penis zusammen, um die Reibung zu erhöhen. Sie stöhnte lustvoll und trieb ihrem Orgasmus entgegen. Mit einem lauten Schrei kam sie. Sie genoss, wie er sie bearbeitete. Mark knetete ihre Brüste und biss in die Brustwarzen hinein. Ein Schauder überlief Julia. Sie flog einem neuen Orgasmus entgegen und stöhnte ihre Lust heraus. Mark erhöhte das Tempo. »Letzte Chance, ich bin gleich so weit«, sagte er. »Mach weiter!«, riefen Julia und Manu gleichzeitig. Mit einem Schrei kam Mark in Julia und impfte ihr seinen Saft ein. Julia kam dadurch selbst noch einmal. Mark zog sich aus ihr zurück und Julia lag ganz still da. »Ich hoffe, es hat geklappt«, sagte Mark und strich Julia eine Strähne aus dem Gesicht. »Also, wenn es sein muss, lasse ich mich auch auf eine Wiederholung ein«, sagte Julia und grinste. »Ich hoffe, dass das nicht nötig ist«, meldete sich Manu. Mark stand auf und wurde von Manu in das Badezimmer geführt, dann ertönte die Dusche, und Manu kam zu Julia zurück. »Meinst du, wir werden wirklich Eltern?«, fragte Manu und legte sich neben Julia. »Ich habe ein gutes Gefühl«, sagte Julia und grinste.

Nachdem auch Julia geduscht hatte und beide wieder angezogen waren, machten sich alle drei auf zu einem gemeinsamen Spaziergang. Danach verabschiedete sich Mark und die beiden Frauen kehrten in die Wohnung zurück.

Zwei Wochen später:

»Julia, jetzt rede schon«, rief Manu und versuchte, einen Blick auf den Schwangerschaftstest zu werfen, den ihre Freundin gerade gemacht hatte. »Mein Schatz, wir werden Eltern!«, rief Julia und sprang im Badezimmer herum. Manu sah den Test an, den Julia in den Händen hielt, und konnte ihr Glück kaum fassen, sie würden tatsächlich Eltern werden.

Kapitel 6

Mark hatte sich auch gefreut, als es ihm Julia noch am selben Tag telefonisch mitgeteilt hatte. Auch wenn er es ein wenig bedauerte, dass es keine Wiederholung ihres Liebesspiels geben würde, aber damit konnte er leben.

»Wie wäre es, wenn wir heute Abend einen Film ansehen würden?«, fragte Julia. »Wenn du magst«, antwortete Manu. »Ich habe auch schon einen rausgesucht. *Winnie Puuh*«, sagte Julia. »Den alten Schinken? Der ist doch aus den Neunzigern oder so«, sagte Manu. Julia sah auf die DVD-Hülle. »Von zweitausendelf.« »Das sind jetzt auch schon ein paar Jährchen«, sagte Manu. »Na gut, dann such du was raus«, sagte Julia. »Okay, *Halloween Ends*, der ist von zweitausendzweiundzwanzig«, sagte Manu. »Ein Horrorfilm?«, fragte Julia und zog die Brauen nach oben. »Na gut. Wie wäre es mit *Die drei Musketiere?*«, fragte Manu. »Einverstanden«, antwortete Julia. Manu steckte die DVD in den Player und beide setzten sich auf das Sofa. Der Film fesselte Julia und sie vergaß alles, was in der letzten Zeit passiert war. Nach dem Film ging Julia entspannt zu Bett, sie streichelte über ihren flachen Bauch, in neun Monaten waren sie endlich Eltern. Mit einem Lächeln auf dem Gesicht schlief Julia ein.

Am nächsten Morgen wachte sie auf und sagte: »Hallo Böhnchen.« »Mit wem redest du?«, fragte Manu. »Mit unserem Kind«, sagte Julia und strahlte. »Meinst du nicht, dass das noch etwas früh ist?«, fragte Manu. »Eine gute Mutter-Kind-Bindung kann nie früh genug anfangen«, sagte Julia. »Okay, dann mach mal weiter«, sagte Manu und ging aus dem Schlafzimmer. »Hey, das war deine andere Mama«, sagte Julia und strich sich über den Bauch.

In der Küche angekommen fragte Julia: »Sollen wir am Samstag mal nach Babysachen sehen?« »Wir wissen doch noch nicht mal, was es wird«, antwortete Manu, grinste aber. »Ach komm, nur mal gucken.« »Nur wenn du versprichst, dass wir nichts kaufen. Am Ende haben wir das Auto voll und können die Hälfte dann wieder loswerden, wenn das Kleine da ist«, sagte Manu. »Okay, Ehrenwort, wir kaufen nichts«, sagte Julia und legte die Hand aufs Herz.

»Der Nichteinkauf macht echt Spaß«, sagte Manu. »Na, siehst du, ich wusste es doch«, antwortete Julia, als sie auf dem Weg zurück zu Manus Auto waren. »Sollen wir noch was essen gehen?«, fragte Manu. »Warum eigentlich nicht? Wie wäre es mit chinesisch?«, fragte Julia. »Einverstanden«, sagte Manu, sie stiegen ein und Manu fuhr los. »Jetzt kann ich es ja zugeben, es ist mir wirklich schwergefallen, nichts zu kaufen«, sagte

Julia, nachdem sie eine Weile gefahren waren. »Ha, ich wusste es doch!«, rief Manu. »Du kennst mich eben ganz gut, mittlerweile«, nuschelte Julia. »Wo fährst du eigentlich rum? Sieht wie ein Industriegebiet aus«, sagte Julia. »Wir sind bald d...«, setzte Manu an, als sie von hinten gerammt wurden. »Ah, was ist los?«, fragte Julia panisch. »Jemand ist in uns reingefahren«, sagte Manu und hielt an. Beide Frauen zitterten, da gab es einen weiteren Aufprall, diesmal von der Fahrertür her und um einiges stärker als beim ersten Mal. Julia sah, wie sich die Türen nach innen bogen und immer mehr auf Manu zukamen. »Manu!«, schrie Julia, aber es war schon zu spät, das andere Auto zertrümmerte die Tür und den Rahmen. »Manu?«, fragte Julia schrill. Aber es kam keine Antwort, Manu hatte das Bewusstsein verloren. Julia riss die Beifahrertüre auf, löste den Gurt ihrer Freundin und zog sie auf ihre Seite, dann hievte sie sie nach draußen. Sie legte Manu gerade auf der Straße ab, als es einen mächtigen Knall gab und das andere Auto in Flammen aufging. Julia rannte rüber, um zu helfen, und da sah sie Tina. Sie lag angeschnallt in ihrem Sitz und Flammen züngelten an ihr hinauf. Julia rannte auf das Auto zu, da explodierte der Tank. Julia flog durch die Luft. ›Mein Baby‹, dachte sie und dann war alles um sie schwarz.

Als sie wieder zu sich kam, hörte sie Sirenen. Das

Auto von Tina war total zerstört, und Tinas verkohlte Leiche schien Julia anzugrinsen. Sie rappelte sich auf und hastete zu Manu. Sie packte die Freundin an der Schulter und rüttelte sie. »Manu, du musst aufwachen!«, flehte sie. »Was ist passiert?«, nuschelte Manu und schlug die Augen auf. »Der Wagen ist explodiert«, sagte Julia und nahm Manu in die Arme. »Au, das tut weh!«, rief Manu. »Tut, tut mir leid. Wo tut es weh?«, fragte Julia, Tränen brannten jetzt in ihren Augen. Außer ein paar Schürfwunden und einem aufgeschürften Knie hatte Julia nichts abbekommen. »Mein linker Arm«, stöhnte Manu. »Ich glaube, ein Krankenwagen ist gleich da«, sagte Julia. »Halt noch ein wenig durch«, bat sie. Da sah sie auch schon die Blaulichter in die Straße einbiegen, aber es war die Feuerwehr, die zuerst da war. Zwei Männer brachten Julia und Manuela aus dem Gefahrenbereich und die anderen begannen mit den Löscharbeiten. Jemand sah sich Manu an und stellte fest, dass ihr linker Arm gebrochen war und sie an Bauch und Rücken Prellungen davongetragen hatte. Dann kam der Rettungswagen. Julia durfte Manu ins Krankenhaus begleiten. Für Tina kam jede Hilfe zu spät.

Manu und Julia wurden gründlich untersucht, die Ärzte gaben Entwarnung, dem Baby war nichts passiert, aber Manu musste noch über Nacht im Krankenhaus bleiben, um eine Gehirnerschütterung auszuschließen. Julia wurde auch dabehalten, für alle Fälle. Am nächsten Tag wurde Julia entlassen, und Manu durfte das Krankenhaus auch wieder verlassen, nachdem sie noch am vorigen Abend eingegipst worden war von den Fingern bis zur Schulter.

»So, jetzt leg dich erstmal hin, ich mache dir einen Tee«, sagte Julia und führte Manu zum Bett. »Hm«, sagte Manu und legte sich hin. Julia ging und kochte den Tee. Als sie zurückkam, liefen Manu Tränen über ihr Gesicht. »Lass es raus, du brauchst nicht immer die Starke zu sein«, sagte Julia beruhigend und stellte den Tee auf den Nachttisch. »Wir hätten sterben können«, schluchzte Manu und begann zu zittern. »Ich weiß«, sagte Julia und biss sich auf die Lippen. Julia nahm Manu in die Arme und legte sich neben sie. »Ich liebe dich«, flüsterte Julia. »Ich dich auch«, schluchzte Manu. »Süße, es ist vorbei, Tina kann uns nichts mehr anhaben, und in neun Monaten sind wir eine richtige Familie. Wir müssen jetzt nach vorne sehen, die Vergangenheit, kann uns nichts mehr anhaben«, sagte Julia, dann küsste sie Manu. Die verzog das Gesicht. »Tut mir leid«, entschuldigte Julia sich schnell. »Nein, das ist schön und schmerzhaft«, sagte Manu und lächelte. »Wo tut es denn nicht weh?«, fragte Julia. »Da musst du schon etwas tiefer wandern«, sagte Manu und grinste. Julia hinterließ eine Reihe von Küssen auf Manus Brüsten,

Bauch und Schenkeln. Dann strich sie sanft mit der Zunge über die Klitoris. Das wiederholte sie eine Weile, bis Manu ein Stöhnen von sich gab. »Nicht aufhören«, flehte Manu, als Julia innehielt. »Ich dachte, dir tut alles weh«, neckte Julia. »Du Scheusal«, sagte Manu und wollte selbst Hand an sich legen, als Julia mit den Liebkosungen fortfuhr. Sie ließ die zarte Knospe in ihren Mund gleiten und saugte leicht daran. Sie erhöhte den Druck auf den Kitzler mit der Zunge, bis Manu kam. Sie stöhnte vor Lust, aber auch vor Schmerz, als sie sich aufbäumte und ihre Rippen ziepten. »Tut mir leid, das wollte ich nicht«, sagte Julia und ließ von ihrer Freundin ab. »Ich bin ja selber schuld, ich hätte mich nicht bewegen dürfen«, sagte Manu. »Mit dir ist aber echt nichts mehr los«, sagte Julia scherzhaft und tat, als würde sie Manu einen Klaps verpassen. »Ich weiß, ich bin alt und verbraucht«, schniefte Manu, begann dann aber lauthals zu lachen. »Au!«, rief sie und hielt sich die Seite. »Hoffentlich ist das bald vorbei und hoffentlich bin ich bald diesen Gips los«, sagte Manu. »Das mit dem Gips wird wohl noch einige Wochen dauern«, dämpfte Julia ihre Hoffnung. »Verdammte Tina!«, fluchte Manu. »Tut mir leid«, sagte Julia und duckte sich. »Das war doch nicht deine Schuld«, sagte Manu. »Na, irgendwie schon, wäre ich nicht gewesen, wäre das alles nicht passiert«, sagte Julia. Tränen glitzerten in ihren Augen. »Komm mal her«, sagte Manu. »Sicher?«, fragte Julia unsicher. »Das halte ich schon aus«, gab Manu zurück. Julia kroch neben die Freundin und berührte sie leicht wie eine Feder. »Das alles war nicht deine Schuld. Das hat Tina alles selbst geplant und durchgeführt«, sagte Manu. »Aber wenn ich bei ihr geblieben wäre, hätte sie gar keinen Grund«, setzte Julia an. »Sch, sch. Tina war total gestört. Ihr war sogar egal, dass du mit im Auto saßt. Wenn ihr wirklich etwas an dir gelegen wäre, hätte sie die Aktion abgeblasen, als sie dich gesehen hat, aber das hat sie nicht. Sie hat voll auf uns zugehalten und wollte, dass wir dabei draufgehen«, sagte Manu. »Oh mein Gott«, sagte Julia und begann zu zittern. »Sie wollte uns tot sehen«, flüsterte sie. »Genau das war ihr Ziel, und es war ihr egal, ob sie selbst dabei stirbt«, sagte Manu. »Und unser Baby«, schluchzte Julia. »Aber hey, wir haben es überstanden, sie kann uns jetzt nichts mehr tun«, sagte Manu. Julia nickte. »Sie kann uns jetzt nichts mehr tun«, flüsterte sie. »Ganz genau, wir sind frei«, bestätigte Manu. »Aber irgendwie traurig, dass Tina nicht aufhören konnte, mich besitzen zu wollen und so weit zu gehen bereit war«, sagte Julia. »War sie denn schon so eifersüchtig, als ihr zusammen wart?«, fragte Manu. »Sie hat mein Handy kontrolliert und mir Löcher in den Bauch gefragt, wenn ich mal eine halbe Stunde später daheim war, das schon, aber ich habe das

81

immer als Ausdruck ihrer Zuneigung zu mir interpretiert. Ganz schön blöd, was?«, fragte Julia. »Ich denke, wenn man in der Situation ist, kann man das gar nicht ganz überblicken, von außen sieht das ganz klar aus, aber wenn man in der Beziehung drinsteckt, blendet man vieles aus, weil man ja in den anderen verliebt ist«, sagte Manu. »Hm, so habe ich das noch gar nicht gesehen. Also war im Prinzip ich schuld daran, was passiert ist«, sagte Julia. »Stopp! Rede dir das bloß nicht ein. Du bist nicht verantwortlich dafür, was Tina veranstaltet hat. Oder hast du sie darum gebeten, unser halbes Haus in die Luft zu sprengen?«, fragte Manu. »Nein, natürlich nicht. Aber wenn wir uns nicht kennengelernt hätten, wäre nichts von alldem passiert«, sagte Julia. »Dann würde es aber wahrscheinlich die kleine Bohne nicht geben, die in dir heranwächst«, sagte Manu und zog Julia an einer Strähne ihres blonden Haars. »Da ist was dran. Wenn wir nicht zusammengekommen wären, gäbe es das kleine Etwas nicht, und ich würde in einer unglücklichen Beziehung gefangen sein«, sagte Julia. »Ganz genau«, sagte Manu. »Darf ich dich küssen? Nur ganz kurz und sanft?«, fragte Julia. »Na, komm schon her.« Julia küsste Manu ganz vorsichtig auf die weichen Lippen. Manu erwiderte den Kuss etwas stürmischer, und bald lagen sie wild knutschend im Bett, bis sie sich nach Luft ringend voneinander lösten. »Ich liebe dich,

Manu«, sagte Julia. »Ich dich auch«, antwortete Manu. »Ich will es echt nicht tun, aber ich muss langsam ins Büro«, sagte Julia. Manu sah sie entgeistert an. »Nach allem, was letzte Nacht passiert ist, willst du zur Arbeit gehen?« »Ich bin ja relativ glimpflich davongekommen«, sagte Julia. »Und was, wenn ich ins Koma falle?«, fragte Manu. »Haben das die Ärzte gesagt? Oh, tut mir leid, ich rufe gleich an«, sagte Julia den Tränen nahe. »War ein Witz, aber ich will nicht allein sein«, jammerte Manuela. Julia stand auf und rief im Büro an, um sich einen Tag Urlaub zu nehmen. Zum Glück wurde er genehmigt, da sie ja noch in der Probezeit war. Dann reichte sie Manu das Telefon und sie meldete sich für den Rest der Woche krank, erstmal, dann wollte sie weitersehen, mit dem Gips konnte sie sicher nicht arbeiten. »Okay, und was machen wir jetzt, wo wir beide den Tag frei haben?«, fragte Julia verschmitzt. »Ich wüsste da schon eine Beschäftigung«, sagte Manu und grinste breit. »Ach ja. In deinem Zustand solltest du von körperlichen Aktivitäten lieber Abstand nehmen«, sagte Julia. Kam Manu aber immer näher, bis sich ihre Lippen trafen. Julia atmete den Duft der Freundin ein, er erinnerte sie entfernt an Zimt. »Du riechst lecker«, sagte Julia. »Ach ja?«, fragte Manu. »Ja«, sagte Julia und küsste Manu leidenschaftlich. Dann begann Julia damit, Manus Brüste zu kneten, ihre Nippel stellten sich auf und wurden hart. »Uh, ja«, stöhnte Manu. Julia küsste sich von den Brüsten zu den Oberschenkeln. Dann drang sie mit zwei Fingern in Manu ein. Das entlockte Manu ein wohliges Schnurren. Mit dem Mund umspielte sie die Perle der Freundin. Manus Kehle entrang sich ein wohliger Seufzer. Julia erhöhte das Tempo und drang immer schneller in Manus Lustgrotte ein. »Oh, ja, ja!«, rief Manu. Ein Orgasmus baute sich in ihr auf, ihre Vagina umschlang die Finger von Julia. Julia beschleunigte ihre Bewegungen noch einmal. Bis Manu schließlich mit einem spitzen Schrei kam. »Danke«, sagte Manu. »Sehr gerne«, antwortete Julia und legte sich neben die Freundin.

Beide schliefen ein und wachten erst am späten Nachmittag wieder auf. Julia ging ins Bad und duschte, dann machte sie ein Mittagessen und half Manu beim Duschen und Anziehen. Die Küche war erfüllt vom Geruch von frisch gebratenem Speck. Manu lief das Wasser im Mund zusammen und ihr Magen knurrte. Julia zerkleinerte die Speisen für Manu und setzte sich schließlich. »Guten Hunger«, sagte Julia, dann aßen sie schweigend.

Kapitel 7

Am nächsten Tag fuhr Julia ins Büro. Mark überraschte sie mit einem Strauß roter Rosen. »Das ist ja nett«, sagte sie, als sie die Blumen in den Armen hielt. »Aber Mark, du brauchst wirklich nicht, nur weil wir, du weißt schon«, sagte Julia. »Schon klar«, sagte Mark. »Aber die Blumen sind wirklich wunderschön«, sagte Julia. »So wie du«, sagte Mark und dann lief er schnell zu seinem Platz. ›Hoffentlich gibt das nicht noch Probleme‹, dachte Julia. Jede Stunde rief sie zuhause an, um sich nach Manus Befinden zu erkundigen. »Ja, Mama, ich liege im Bett und lese ein Buch. Ja Mama, ich habe auch schon was gegessen. Einen Eintopf, wenn du es genau wissen willst«, sagte Manu. »Soll ich dir was mitbringen?«, fragte Julia zum zwanzigsten Mal. »Nein, ich habe alles, nur du fehlst mir«, sagte Manu. »Ich bin in drei Stunden wieder bei dir, versprochen«, sagte Julia, dann legte sie auf. »Was ist denn mit Manu?«, fragte Mark. Julia fuhr zusammen, denn sie hatte ihn nicht kommen gehört. »Sie hatte vorgestern einen Autounfall und hat sich den Arm gebrochen«, sagte Julia. »Das tut mir leid. Wie ist das denn passiert?«, fragte er. »Ich möchte lieber nicht daran erinnert werden, verstehst du?«, fragte Julia. »Oh, ja klar. Sorry, ich geh dann mal wieder da rüber zu meinem Schreibtisch«, sagte Mark und setzte sich in Bewegung.

Nachdem Julia aufgehört hatte zu arbeiten, ging sie noch einkaufen und raste dann zu Manu. »Hi Süße, tut mir leid, dass ich so spät bin, aber ich war noch einkaufen«, sagte Julia im Flur, dann ging sie ins Schlafzimmer und fand Manu schlafend vor. Leise schlich sie wieder in den Flur und brachte die Einkäufe in die Küche. Nachdem sie alles eingeräumt hatte, kochte sie Grießbrei mit Zimt und schlich sich ins Bett, neben Manuela. »Oh, da bist du ja schon«, nuschelte Manu. »Tut mir leid, es hat alles viel länger gedauert als geplant«, sagte Julia. »Hauptsache, du bist wieder da«, sagte Manu und gab Julia einen Kuss auf den Mund. »Wie war dein Tag?«, fragte Julia. »Langweilig ohne dich«, sagte Manu. Julia bekam sofort ein schlechtes Gewissen. »Tut mir leid, aber ich arbeite da ja noch nicht so lange«, sagte Julia. »Schon okay. Solange du nicht lieber mit Mark als mit mir abhängst«, sagte Manu. »Ähm, da ist heute was passiert«, sagte Julia. Manu richtete sich kerzengerade auf. »Ihr hattest doch nicht etwa wieder Sex?«, fragte Manu. »Was? Nein, natürlich nicht«, sagte Julia. »Ah, dann ist ja gut.« »Aber Mark hat mir einen Riesenstrauß rote Rosen geschenkt«, sagte Julia. »Das ist ja fast so schlimm, als hättet ihr wieder rumgemacht«, stieß Manu hervor. »Na ja, ist das nicht ein wenig übertrieben?«, fragte Julia. »Finde ich nicht. Er will dich wieder ins Bett kriegen, das ist doch glasklar«, sagte Manu. »Ich weiß, aber das war eine einmalige Sache, und das wusste er auch vorher«, sagte Julia. »So einmalig wie mit Herrn Ostwald?«, fragte Manu. »Das war jetzt aber gemein, das habe ich doch nicht freiwillig gemacht, ja, am Anfang schon, aber doch nur, weil ich ein Kind bekommen wollte, und dann hat er mich unter Druck gesetzt, und das weißt du ganz genau«, sagte Julia und begann zu weinen. »Komm, weine nicht, das habe ich doch nicht so gemeint«, sagte Manu. »Warum wirfst du es mir dann an den Kopf?«, fragte Julia. »Weil ich heute den langweiligsten Tag ever hatte und frustriert bin. Tut mir leid«, sagte Manu. »Du hast ja Recht, ich hätte mich auf die Affäre gar nicht einlassen und lieber gleich kündigen sollen. Aber ich hatte Angst, keinen anderen Job zu finden, verstehst du?«, fragte Julia. »Ich weiß, und ich wollte echt nicht gemein sein, entschuldige bitte«, sagte Manuela. »Du kannst es ruhig aussprechen, ohne mich wärst du besser dran«, sagte Julia. »Jetzt redest du dir wieder was ein. Ich liebe dich, mehr als mein eigenes Leben, ohne dich könnte ich gar nicht mehr existieren«, sagte Manu. »Und das sagst du jetzt nicht nur so?«, fragte Julia und zog die Nase hoch. »Nein, das ist mein voller Ernst. Ich will eben nicht, dass du was mit anderen hast«, sagte Manu. »Das verstehe ich, und ich kann mich nur nochmal für die Affäre mit Ostwald entschuldigen. Ich hätte viel früher den Absprung schaffen müssen«, sagte Julia. »Ich war ja auch nicht ganz unschuldig daran«, sagte Manu. »Bitte lass uns das Thema jetzt beenden«, bat Julia. »Na komm, kuscheln«, sagte Manu. Julia legte sich zu ihrer Freundin und kuschelte sich an sie.

Die nächsten Wochen bildete sich eine neue Routine heraus. Julia rief jede Stunde bei Manuela an und Mark brachte jeden Montag einen neuen Blumenstrauß mit. Egal, wie oft Julia ihn darum bat, es sein zu lassen, er hörte einfach nicht auf sie, und Julia brachte es nicht übers Herz, die Blumen einfach wegzuschmeißen. Nach zwei Wochen begann Julia damit, Stellenanzeigen zu studieren, fand aber nichts Passendes auf die Schnelle. Sie traute sich auch nicht mehr, es Manu zu erzählen, denn die wollte Mark verprügeln. Julia fühlte sich von Tag zu Tag schlechter, weil sie im Prinzip die Liebe ihres Lebens belog. Aber das alles ging auch nicht spurlos an ihr vorüber, sie nahm immer weiter ab, obwohl sie wegen des Babys doch zunehmen müsste. Sie konnte sich auch nicht richtig auf Sex mit Manu einlassen, weil sie nie entspannen konnte.

»Morgen gehst du nicht zur Arbeit«, sagte Manu. »Was? Wieso?«, fragte Julia. »Wir gehen zum Arzt. Meinst du, ich sehe nicht, dass du immer weiter abnimmst?«, fragte Manu. »Tut mir leid, ich habe nur

Stress auf der Arbeit«, sagte Julia. »Nichts da, um neun haben wir einen Termin«, sagte Manu. »Vielleicht habe ich mir was eingefangen oder so«, versuchte Julia zu beschwichtigen. »Du bist schwanger, willst du, dass unserem Baby was passiert?«, fragte Manu wütend. »Ich, ich. Nein, natürlich nicht«, sagte Julia kleinlaut.

Die Ärztin bescheinigte Julia, was sie selbst schon gewusst hatte, sie war zu dünn, sie musste unbedingt zunehmen, wenn das Kind richtig versorgt werden sollte. Julia kaufte Shakes, um schnell zuzunehmen. Und zwang sich das Gebräu jeden Tag mehrmals über die Lippen. Langsam gewann sie an Gewicht, aber Mark ließ sie noch immer nicht in Ruhe. Er hielt sich immer in ihrer Nähe auf, streifte ihren Körper wie durch Zufall und hörte auch mit den Blumen jeden Montag nicht auf. Wenn Julia dachte, dass Manu neben ihr schlief, weinte sie sich selbst in den Schlaf. Eines Nachts, es war Samstag um drei Uhr, packte Manu Julia an den Schultern und schüttelte sie. »Julia, ich halte das nicht mehr aus, du weinst dich jede Nacht in den Schlaf, wenn du denkst, ich bekomme es nicht mehr mit, und du müsstest schon viel mehr zugenommen haben«, sagte Manu vorwurfsvoll. »Es tut mir leid. Ich kann es dir nicht sagen«, sagte Julia und weinte. »Warum nicht? Erpresst dich jemand?«, fragte Manu. »Nein, das nicht«, sagte Julia und biss sich auf die

Unterlippe, bis es blutete. »Seit wann vertraust du mir nicht mehr?«, fragte Manu. »Was? Ich vertraue dir doch«, sagte Julia. »Dann sag mir, was los ist«, sagte Manu. »Dann hasst du mich und verlässt mich«, sagte Julia. »Du hast also doch mit Mark gefickt!«, sagte Manu. »Was? Nein, nein, absolut nicht«, sagte Julia und bekam Atemnot. »Ganz ruhig, Süße, einatmen, ausatmen, ja, so ist gut«, sagte Manu und drückte Julia an sich. »Ich will dir doch nur helfen«, sagte Manu. »Entschuldige. Versprichst du mir, nichts Dummes zu tun, wenn ich es erzähle?«, fragte Julia. »Ich verspreche gar nichts«, sagte Manu und sah ihre Freundin ernst an. »Es ist Mark«, sagte Julia. »Hat er dich vergewaltigt?«, fragte Manu und sprang auf. »Ich bringe dich gleich ins Krankenhaus«, rief sie. »Nein, nein, mein Gott, das nicht. Er bringt mir jeden Montag rote Rosen mit und will, dass wir es miteinander tun«, würgte Julia hervor. »Du lässt dich doch nicht darauf ein wie bei Ostwald, oder?«, fragte Manu scharf. »Nein, natürlich nicht. Ich schaue mich auch schon nach einer anderen Stelle um, aber bisher ohne Erfolg«, sagte Julia. »Warum sollst denn du die Firma verlassen, er ist doch das Problem«, sagte Manu. »Aber er war schon vor mir da und ist der Azubi, er kann nicht einfach die Stelle wechseln«, sagte Julia. »Das wollen wir doch mal sehen«, sagte Manu und ging aufgeregt im Schlafzimmer auf und ab. »Ich hätte es nicht erzählen sollen«, jammerte Julia. »Nein, natürlich nicht, du hättest dich nur weiter zu Tode hungern sollen und unser Baby dabei auch gleich umbringen«, schrie Manu. »Bitte sei nicht wütend auf mich«, bat Julia und warf sich vor Manu auf die Knie. »Ich bin wütend auf Mark, nicht auf dich«, sagte Manu und kniete sich zu Julia auf die Erde. »Ich tue alles, was du willst, ich kündige auch, aber tue Mark nichts«, sagte Julia. »Du beschützt den Dreckskerl auch noch?«, fragte Manuela. »Ich ... tut mir leid«, sagte Julia und machte sich ganz klein. »Du bist so ein Opfer!«, schrie Manu. Julia begann zu zittern und verbarg ihr Gesicht in den Händen. »Entschuldige«, sagte Manu und umarmte Julia. »Ich weiß ja, dass ich es nicht verdient habe, deine Freundin zu sein, ich packe morgen meine Sachen«, sagte Julia. »Das kannst du mal voll vergessen, ich lasse dich nicht gehen. Mein Schatz, wir bekommen das alles wieder hin, das verspreche ich dir«, sagte Manu und streichelte Julia über ihr blondes Haar. Julia warf sich in ihre Arme und schluchzte unaufhörlich. Manu hatte das Gefühl, dass ihr Herz brechen würde, so sehr fühlte sie die Verzweiflung, die Julia erfasst hatte. Sie saßen die ganze Nacht eng umschlungen auf dem Teppichboden des Schlafzimmers und weinten gemeinsam.

Am nächsten Morgen hatten sie keine Tränen mehr, die sie noch vergießen konnten. »Kommst du mit unter die Dusche?«, fragte Manu. »Ist das denn okay für dich?«, fragte Julia unsicher. »Klar, sonst hätte ich nicht gefragt«, sagte Manu und lächelte. Wenig später standen sie unter dem warmen Wasserstrahl und seiften sich gegenseitig ein. »Oh Mist, ich habe die Tüte vergessen«, stieß Manu hervor. »Tüte?«, fragte Julia. »Für meinen Gips«, sagte Manu. »Oh, ich hole eine«, sagte Julia und verließ die Dusche, frierend und tröpfelnd ging sie in die Küche und holte eine Einkaufstüte, dann rannte sie zurück unter die Dusche und bedeckte Manus Arm damit. »Danke, mein Schatz, du bist die Beste«, sagte Manu und gab Julia einen leidenschaftlichen Kuss. »Danke, haben wir jetzt Versöhnungssex?«, fragte Julia hoffnungsvoll. »Wir haben noch immer das Mark-Problem«, sagte Manu. Julias Miene versteinerte und sie blickte zu Boden. »Du musst das zumindest bei deiner Chefin ansprechen«, sagte Manu und hob das Kinn von Julia an, dass sie ihr in die Augen sehen musste. »Aber vielleicht versaue ich ihm dann sein Leben oder so«, sagte Julia und wollte wieder nach unten sehen, aber Manu hielt sie fest. »Das hat er sich dann ganz alleine zuzuschreiben«, sagte Manu und starrte Julia in die Augen. »Bitte, sei nicht wieder böse auf mich«, flehte Julia und schlang die Arme um ihren Oberkörper. »Wenn du nicht so süß wärst, würde ich dich jetzt verprügeln«, stieß Manu hervor. »Tut mir leid, wenn das Baby da ist, darfst du mit mir machen, was du willst«, sagte Julia. »Ich würde dich niemals verprügeln!«, rief Manu entsetzt. »Tut mir leid«, sagte Julia. »Was ist nur mit dir passiert? Du warst mal so selbstbewusst. Und jetzt willst du dich von mir verprügeln lassen. Das verstehe ich einfach nicht«, sagte Manu. »Vielleicht sind das die Hormone«, flüsterte Julia, ohne recht daran zu glauben. Aber Manu ließ es so stehen. Sie duschten noch ein paar Minuten schweigend, dann trockneten sie sich gegenseitig ab und schlüpften in ihre Bademäntel.

Julia beeilte sich, ein Frühstück zu richten, um Manu zu besänftigen. Sie kochte Eier, legte Schinken und Wurst, Käse und Butter auf verschiedene Teller und deckte den Tisch. Innerlich zitterte sie, weil sie befürchtete, wieder etwas falsch zu machen.

»Du hast Angst vor mir, stimmt's?«, fragte Manu. »So ein Quatsch«, antwortete Julia. »Ich sehe doch, wie du zitterst«, sagte Manu und nahm Julias Hände in ihre. Dann verteilte sie flüchtige Küsse auf den Händen der Freundin. »Ich habe wirklich Prügel verdient«, sagte Julia. »Nein, hast du nicht, hör auf das zu sagen, verdammt nochmal«, keifte Manu. Julia zuckte bei jedem Wort zusammen. »Vertraust du mir so wenig?«, fragte Manu sanfter. »Ich vertraue dir, ich habe nur Schläge verdient, weil ich so dumm bin«, sagte Julia. »Du bist nicht dumm, sag das nie wieder«, sagte Manu. »Tut mir leid«, sagte Julia. »Das sollte es auch. Du bist die Liebe meines Lebens und machst dich selbst so runter. Glaubst du, ich würde dich lieben, wenn du so wertlos wärst, wie du glaubst?«, fragte Manu. »Wahrscheinlich nicht«, sagte Julia leise. »Eben. Es tut mir weh, dich so zu sehen, total zerstört. Du solltest vor Glück tanzen, wir bekommen ein Baby und du bist für mich die schönste Frau der Welt«, sagte Manu. »Ich fühle mich gar nicht schön«, sagte Julia. »Das müssen wir ändern«, sagte Manu und zog Julia den Bademantel aus, dann führte sie sie in den Flur zu einem Körperspiegel. »Schau dich doch nur an, du bist wunderschön«, sagte Manu und hob Julias Kopf an. »Ich bin fett«, sagte Julia. »Du bist schwanger, du hast einen so begehrenswerten Körper. Ich würde dich am liebsten den ganzen Tag nur küssen«, sagte Manu. »Meinst du das im Ernst?«, fragte Julia und sah zu Manu auf. »Ja«, sagte Manu nur und küsste Julia auf die weichen Lippen. Julia löste sich von Manu. »Darf ich mich wieder anziehen, mir ist kalt?«, fragte Julia. »Klar, ich hole deinen Bademantel«, sagte Manu und ging in die Küche, dort hob sie den Mantel auf und half Julia hinein. »So, jetzt lass uns endlich essen, mein Magen hängt schon in den Kniekehlen«, sagte Manu und schob Julia vor sich in die Küche. Sie setzten sich und aßen. »Wie wäre es, wenn wir nach dem Essen einen Spaziergang machen würden?«, fragte Manu. Es war mittlerweile Mai geworden, die Temperaturen waren zwar noch nicht angenehm warm, aber es war auch nicht mehr eiskalt. »Wir könnten auch mit den Rädern einen Ausflug machen«, schlug Julia vor. »Und wohin?«, fragte Manu. »Dahin, wo uns das Schicksal hinführt«, sagte Julia und lächelte.

Ende

Ich danke Frau L.Z. meiner Erstleserin, M., E. und S.